시 간 의   그 림 자

시간의 그림자

1판 1쇄 발행	2024년 7월 25일
지은이	김기자
발행인	이선우
펴낸곳	도서출판 선우미디어

등록 | 1997. 8. 7 제305-2014-000020
02643 서울시 동대문구 장한로 12길 40, 101동 203호
☎ 2272-3351, 3352 팩스: 2272-5540
sunwoome@daum.net   greenessay20@naver.com
Printed in Korea ⓒ 2024. 김기자

값 13,000원

충주문화관광재단

※ 이 책은 충주문화관광재단의 후원을 받아 예술창작활동 지원사업의 일환으로 발간되었습니다.
※ 잘못된 책은 바꿔 드립니다.
※ 저자와 협의하여 인지 생략합니다.

ISBN 978-89-5658-766-0 03810

시간의 그림자

김기자 수필집

선우미디어 sunwoomedia

책머리에

나에게 휴식이란 글을 쓰는 시간뿐이다. '보성 녹돈'이란 간판을 내걸고 식당을 운영해 온 지 30년이다. 식당 일이란 눈만 뜨면 재료 구입부터 음식을 만드는 과정까지 늘 긴장의 연속으로 이어져간다. 정성을 다 해도 고객들의 입맛에 맞아야 하기 때문이다.

글쓰기도 이와 비슷하다. 아무리 공을 들여도 독자들의 가슴에 닿지 않으면 실패작이다. 그래도 나는 하루치 삶에서 지친 심신을 치유하기 위해 글을 쓴다. 내 막힌 숨통을 트고, 존재감을 살리기 위해서다.

숨통 트이기와 치유를 위해 쓴 글로 두 번째 수필집을 엮는다. 그동안 문예지와 신문에 발표한 글들이다. 매끈하지 못한 부분들이 민낯처럼 부끄럽지만 내 실력이 이 정도뿐임을 어찌하겠는가. 하지만 살아오면서 보고 체험하고 느끼고 감동한 것들을 문장으로 엮는 데 있어서 정직함을 신조로 삼았다. 그래야 나 자신과 독자들 앞에 당당할 수 있을 것 같아서다.

아직도 길은 멀다. 무르익은 글을 쓰고 싶지만 마음대로 되지 않는다. 내가 쓰는 수필의 범위가 비록 좁아도 한 뼘, 한 뼘 넓혀 가는 일에 노력하다 보면 제법 그럴싸한 글을 쓸 수 있는 날이 오리라고 기대한다.

늦은 밤, 여전히 책상 앞에 앉아 키보드를 두드린다. 내 글이 나처럼 몸으로 살아왔거나, 몸으로 살아가는 이들에게 위로가 되기를 희망하면서.

2024년 여름
보성녹돈 서재에서   김기자

차례

책머리에

_{chapter} **4. 시집 잘 온 여자**

chapter 5. 육지 속의 섬

chapter - 1

빚진 자

마음의 빚을 실감한다. 사사건건 많은 빚을 졌으면서도 갚기에는 너무나 인색했던 나 자신이 병원 복도에 기울어진 모습으로 앉아 있다. 연습이 없는 인생의 무대 위에서 초라한 후회만 고개를 들 뿐이다. 손짓 하나, 몸짓 하나마저 어떤 변명도 구실을 못 할 만큼 힘이 빠져나가는 기분이 이런 것일까. '지금 알게 된 것을 그때도 알았더라면' 하는 어느 시인의 잠언이 뇌리를 스치고 있다.

－본문 중에서

긍정을 파는 사람

그분은 내게 긍정을 팔러 온다. 한참 동안 보이지 않을 때면 자꾸만 궁금하고 아쉬워진다. 예쁘고 젊은 분도 아니다. 처음 만났을 때는 나이가 칠십이라 하더니 며칠 전에는 팔십이라 하여 놀라고 말았다. 십 년이란 세월이 빠르게도 지나갔던 것이다. 그래도 내 눈에는 여전히 칠순의 나이를 지니셨다.

손수 농사지은 채소를 리어카에 싣고 오신다. 흔한 푸성귀야 말로 시장에 가면 얼마든지 구입할 수 있지만 반가운 마음이 들어 자연스레 사게 된다. 덤으로 마루에 걸터앉게 하신 후 커피까지 대접하면서 얘기 장단을 맞춘다. 나도 모르게 보따리를 풀듯 쏟아내는 그분의 이야기 속으로 푹 빠져들어 간다. 그분의 말솜씨는 귓전에 오래 남을 만큼 맛있는 느낌이라고 해야 하나.

혼자 사신다고 했다. 남편은 속만 썩이다가 세상을 뜨셨고 자식들 모두 출가시킨 후 소일 삼아 이렇게 다니면 돈도 벌고 운동도 되니 좋다고 하신다. 그동안 모은 돈으로 손자 등록금이며 용돈을 줄 때면 행복하다면서 웃는 모습이 마치 햇살 같다. 손등은 갈라지고 햇볕에 탄 피부이지만 마음씨는 연초록 풀잎 냄새를 풍긴다.

그분의 일생을 알게 되었다. 가난한 시절에 태어나 교육을 받지 못한 터라 혼자 한글을 깨우쳤다고 한다. 입 하나 덜기 위해 시집을 왔지만 가난하기는 마찬가지라 했다. 자식을 둘이나 낳도록 남편의 무능은 끝이 없었기에 굶지 않으려 돈을 벌기 위해 나설 수밖에 없었다고 한다. 하루는 옆집에 품을 팔러 갔었는데 오죽 딱해 보였던지 못된 이웃이 도망을 부추겼단다. 심지어 끼니로 주는 점심을 집으로 들고 와서 죽으로 만들어 자식들과 먹었다는 이야기가 아직도 생생하다. 강한 모성의 본능을 그대로 읽을 수 있었다.

지혜로운 분이었다. 잘못된 길로 인도하려는 사람에게 그런 말을 해서 되겠냐며 항의를 했단다. 사과를 받아낸 후 변함없이 열심히 일한 결과 주위 사람들에게 인정받기 시작했고 살림이 늘어갔다는 얘기에 고개가 끄덕여졌다. 그때부터 지금껏 놀기보다는 일하는 시간이 더 많다며 웃으셨다. 주름진 얼굴이 전혀 보기 싫지 않을뿐더러 나이답지 않게 소녀처럼 해맑기까지 하다. 진정한 삶의 승리란 이런 모습이 아닐까 생각했다.

이제는 자식들이 편히 계시라는 당부를 놓지 않는단다. 그래도 일하는 게 좋다고 하신다. 차근차근 모은 돈으로 이다음에 양로원으로 가서 자식들에게는 짐이 되지 않겠노라는 각오가 단단했다. 이야기를 듣고 보니 수긍이 간다. 자식들 또한 건강한 의식의 어머니를 두었다는 생각에 어쩌면 세상을 더 열심히 살아가는지도 모른다.

그분의 말에는 진실함이 담겨있었다. 한참을 들어줘도 지루하거나 전혀 거북스럽지 않다. 오히려 마음을 빼앗긴다. 어떤 힘의 작용으로 인해 그럴까 하는 의문이 생겨났다. 어려운 시절을 모두 이겨내고도 열심히 일하는 그분의 긍정이 나에게까지 전이되었기 때문이리라. 그분이 가장 노릇이 힘들다고 가정을 돌보지 않았다면 그 가정은 어찌 되었을지….

육신이 편해야만 행복한 노후가 아니다. 백세시대를 치닫는 오늘날 건강이 허락되는 한 일터에서 일하는 것도 축복이 아니겠는가. 나 또한 그렇게 살기를 원한다. 이따금 힘든 일이 생길 때면 그분을 떠올리며 나 자신을 돌아본다. 결혼해서 지금껏 식당을 운영하다 보니 힘에 부칠 때가 다반사이다. 일해야만 하는 처지라면 이제 그런 불평일랑 접어야겠다는 생각이 자리를 잡는다. 값을 치르며 산 것은 채소가 아니라 그분 삶의 본보기를 산

셈이다.

　세상 사람들의 사는 모습이 천층만층이라고 말들을 한다. 나는 그분의 인생을 높이 평가해 드린다. 굴곡지게 걸어온 삶을 흐트러지지 않게 가꾸어냈고 나머지도 낭비 없이 사는 절제를 보여주고 계신다. 피곤한 기색이 전혀 없으시다. 사람이 지닌 두 가지 마음, 즉 긍정과 부정, 그중 긍정에 마음을 기울이고 사는 한 다른 사람에게까지 그 힘이 증폭되어 가는 것을 확실히 알았다. 직위가 높거나 고명하거나 유식해야만 돋보이는 것이 아니다. 비록 나이에 겨운 리어카를 끌고 다닐지라도 삶의 열정을 놓지 않는 그분이 훌륭하게 다가왔다.

오래된 친구

특별한 냄비 하나가 있다. 친구처럼 삼십 년을 지냈으니 친근감이 더하다. 모양은 비뚤어지고 손잡이가 불에 녹아 줄어들 만큼 그리 고운 모습은 아니지만 정겹다. 혹 남들이 보게 되면 별것 아니라고 생각할 것이다. 새것을 두고도 헌것을 쓰는 이유는 여러모로 편하고 부담이 없기 때문이다.

오랜 세월 동안 내 삶을 다 지켜본 듯 아주 당당하게 주방에 자리 잡고 있다. 얼마 전 손잡이가 망가져서 흔들거릴 때는 이번에 버려 볼까 했지만 내키지 않았다. 손잡이를 다른 것으로 교체하고 나니 다시 튼튼한 몸이 되어 일거리를 맡기라는 듯하다. 가끔씩 자기 몸을 깨끗이 해달라고 부탁하는 느낌이 오면 곧 수세미로 닦아준다. 이토록 내가 아끼는 이유가 무엇인지 잠시 생각해 본다. 지나온 세월만큼 손때가 묻어 있기 때문이다. 어느

날 문득 전화를 걸어서 보고 싶다고 얘기하며 오래도록 수다를 늘어놓아도 지루하지 않은 친구, 마치 저 냄비도 그렇다.

물건도 친구처럼 정이 들고 마음이 오가는 것이라고 생각한다. 언젠가는 불 위에 올려 둔 채 자칫 방심하여 밑이 새까맣게 타 버린 적이 있었다. 철 수세미로 박박 닦아낼 수밖에 없었다. 무척 아팠을 텐데 뽀얀 본 모습을 드러내 주니 고맙기도 하다. 친구와 다투고 난 후 화해를 하는 기분이다.

옛날을 돌이켜 본다. 새댁 때 어머님이 사용하시는 낡은 그릇들을 보며 왜 저렇게 헌것을 쓰실까 하고 구차하게 생각했었다. 지금 내가 그 세월을 살고 있는 것이다. 아마 며느리를 본다면 며느리도 부엌에서 그런 생각을 하게 될 것만 같다. 어머님이 지금에서야 이해가 된다. 나도 닳아진 냄비만큼 모든 것을 담을 수 있는 나이가 되었나 보다.

때로는 노인의 모습을 바라보며 이런 상상을 해 본다. 그 내면에는 긴 세월 동안 담고 퍼내 온 인생의 진귀했던 일들이 얼마나 많았을까 하는 마음이다. 오랫동안 사용한 냄비처럼 말이다. 언젠가는 냄비도 제 몫을 다한 후 수명이 끝날 것이다. 그 후 재활용으로 건너가 용광로에 녹아져서 다시금 쓸모 있는 물건으로 만들어질 줄 안다. 사람도 마찬가지이다. 가족에게 또 사회와 이웃들에게 좋은 기억으로 남을 수 있는 일생이었으면 좋겠다.

기억 속에서 사라지지 않음은 삶의 또 다른 축복이 아니겠는가.

정든 냄비, 지금껏 나와 가족을 위해 많은 세월 부엌에서 여러 가지 일들을 잘 견디어 왔다. 지금의 우리가 아닐까 싶다. 한편 가정을 지켜가기 위해 알뜰히 살아왔고 헌신해야만 했던 여자의 모습이라는 생각이 든다. 나도 이제 그렇게 닳아지는 과정이다. 바램이라면 유행이 지난 그릇처럼 된다 해도 한쪽으로 밀쳐 두지 않고 마지막까지 필요하게 쓰임 받는 사람이 되었으면 좋겠다.

문득 친구의 얼굴이 떠올라 전화를 걸어본다. 저만큼에서 귀에 익은 반가운 목소리가 들려온다. 우리들의 얘기는 낡아진 냄비 안으로 들어가 시끄러운 소리를 내기 시작한다. 즐거운 수다에 시간이 흐르고 냄비에서는 김이 모락모락 오른다. 맛있는 냄새가 집안에 풍겨진다. 들고 있던 전화기를 귀에 대며 '친구야 조금 후에 다시 전화해 줄게'라고 말하며 가스 불을 낮춘다.

다림질

딸아이의 교복 셔츠를 다리는 중이다. 조금 전만 해도 후줄근하던 모양새가 산뜻하게 변하고 있다. 보송한 느낌이 마음까지 가볍게 만든다. 적당한 온도에 따라 활용되는 다리미의 쓰임새가 신기하기까지 하다. 다림질하다가 문득 어느 한구석 마음의 주름진 곳이 떠올라 침울해진다.

과거를 돌아볼수록 유쾌하지 않다. 언제나 전기 스위치를 연결하면 뜨거운 다림질이 수월한 세상이건만 내면의 상태는 그렇지 못하다. 무엇 때문에 이리도 마음을 묶어둔 채 살고 있는 걸까.

가슴에 바람이 인다. 지나온 세월 속에서 아프고 미운 감정들이 무겁게 나를 억누르며 지내 온 것 같다. 그것들이 골골이 겹쳐져서 구겨진 옷보다 더 보기 흉한 모습은 아니었는지.

사춘기 시절 새엄마와 살았던 기억은 지금껏 나를 자유롭지 않게 하고 있다. 왠지 모를 허전함이 늘 내 안에 자리를 잡고 있었나 보다. 심지어 결혼해서 친정 부모님을 뵐 때도 불만스러운 표현이 다반사였다. 자식으로서 빚진 게 없다고 일관하며 미련만 떨었다.

우둔한 딸자식을 바라보아야 했던 부모님의 속이 얼마나 불편하셨을지 이제야 짐작한다. 가슴속의 주름을 스스로 지울 수 있을 만큼의 나이가 되었나 보다. 무엇 하나 편하게 자랑할 만한 것이 없다. 구겨진 옷을 입고 있다면 밖으로 당장 표가 났을 터인데 일그러진 마음의 옷을 입고 있던 나는 거리를 활보해도 드러나지 않았던 것이다.

얼마나 부끄러운 모습이었던가. 일일이 따지듯 헤아려 놓기조차 민망하다. 질기게 남아 있는 오해의 잔재 같은 것들이 내 안에 자리 잡은 채 혼란을 일삼기도 빈번했다. 그것들이 일렁여 흔들릴 때면 어지러웠다. 바로 서지 못한 기울어진 모습으로 중심을 잡느라 애써야 했으니까.

아버지가 돌아가시고 난 후 진정한 생명의 근원을 알았다. 이제야 부모와 자식의 관계, 그리고 형제의 사랑에 대해 끈끈한 것을 느낄 줄 아는 본연의 자리로 들어서게 된 기분이다. 좋은 감정이 싹트기 시작한다. 힘들었던 지난날은 돌아보지 않으려 한다. 가슴속의 응어리는 어떤 방법으로든 덜어낼 수 있는 용기가 필요하다는 걸 다림질을 통해 깨닫는 순간이다.

얼마 전 친정을 방문했을 때의 일이다. 불편한 몸에다 정신까지 희미해진 어머니가 자꾸만 엉뚱한 말을 하고 계셨다. 전과 달리 얌전하게 귀 기울여 드렸다. 아기처럼 다가와 손가락을 꼽으며 몇 날 밤을 자고 가라고 하시는 순간 가슴이 메어왔다. 내 온몸이 갑자기 따뜻해지고 있는 게 아닌가. 사랑의 다림질이 엄마와 나 사이로 오가며 온기를 전하는 중이었다.

이렇게 되기까지는 긴 시간이 필요했다. 들추고 싶지 않았던 과거를 어루만질 여유가 내게 생겼다는 사실이 기쁘기만 하다. 친정엄마를 바라보면서 그런 생각을 한다. 가랑잎처럼 약해지신 모습에서 사람의 감정도 물과 같이 흘러가고 바람처럼 사라지는 것을 체험하게 되었다.

왜 그토록 빚진 마음이 아닌 채 살아왔을까. 당장 갚아야 할 부모님의 은혜가 아직도 많이 남아 있는데, 끝없는 어리석음에 빠져 허우적대고 있었는지 모르겠다.

사랑의 온도는 뜨겁다. 이제 사랑이란 이름의 다림질로 어떤 형태로든 잠재되어 있는 가슴속 구김살을 모두 지우는 일에 열중이다. 굴절되었던 과거의 흔적은 사라져 갔다. 가볍고 매끄러운 느낌이다.

다림질을 활용해야만 효과가 나타나듯 친정에 다녀온 날 이후 나는 빚쟁이가 되고 말았다. 갚아야 할 도리를 한 보따리 싸 들고 왔다.

날지 못하는 풍선

바람이 그쳤다. 어디서 날아왔을까. 마당 한구석에 고삐 풀린 풍선 뭉치가 얌전히 앉아 있다. 행사장에서 사람들의 이목을 끌면서 축제 분위기를 띄우며 무지 폼이 났을 터인데, 어쩌다 바람에 떠밀려 초라한 모습으로 우리 집에 내려앉아 있을까. 터트려 휴지통에 버릴까 하다가 그냥 두고 보기로 했다.

어릴 때 형형색색 크기와 모양이 다른 풍선을 사서 입으로 힘껏 불던 기억이 떠올라 외면할 수가 없었다.

바람 가득 채워진 풍선은 마음을 부풀게 하는 힘이 있다. 하늘로 오르려 하는 풍선의 힘 속에 누구나 꿈을 채워 놓고 싶었는지 모른다. 그 점에서는 아이나 어른이나 같은 심정이리라. 자유와 희망의 표상인 풍선을 보며 영혼에도 날개가 있다면 바로 저 모양일 것 같은 생각마저 들었다. 가슴에 묻힌 무거움은 날려서 터트리고 행복한 마음은 더 높이 올라 하늘에다가 흩뿌리고 싶었던 날들과 함께.

풍선은 시간이 지날수록 초라해지고 있었다. 바람을 가득 채워 탄력 있던 표면에 실 같은 잔주름마저 생겼다. 문득 돌아가신 시어머님이 떠올랐다. 일제강점기와 육이오를 겪어낸 세대로서 뭐 하나 풍족하지 못한 세월을 사신 어머님, 칠 남매를 기르면서 당신의 허기진 삶을 어떻게 감당하셨을지 짐작조차 어렵다. 제법 살만한 세상이 되어 희미한 웃음이라도 뱉을 무렵인데 이승을 떠나셨으니 그 안타까움에 가슴이 저리다.

몸짓이 줄어드는 풍선에서 위대한 모성을 발견했다. 어느 날 흠칫 내 눈길을 멈추어야 했던 어머님의 작아진 앞가슴이 풍선과 대비되고 있었기 때문이다. 생명의 젖 줄기, 우리는 그곳에서 출발해 여기까지 도달해 왔다고나 해야 할까. 여러 자식 먹이고 입히느라 모성의 샘은 바짝 마를 수밖에 없었던 그 세월을 지금 저 풍선이 보여주고 있었다. 날지 못하는 풍선, 아예 힘을 잃어버린 모습이 그때의 어머님 형상과 똑같다.

요즘은 사회제도가 잘돼있어 아이에서부터 노년에 이르기까지 하고 싶은 취미생활이며 여행까지도 수월한 세상이 아니던가. 어머님의 세대는 감히 꿈도 꾸지 못했다. 어머님에게도 드러낼 수 없는 소박한 꿈 하나는 있지 않으셨을까. 그러나 자식들

기르느라 당신을 위해서는 조그마한 것 하나라도 신경 쓰실 겨를이 없었지 싶다.

오늘의 나는 다르다. 하늘로 향하는 풍선처럼 맘껏 띄워보고 싶은 삶을 누린다 해도 과언이 아니다. 감당할 수 있는 만큼 이것저것 적절하게 활용하며 살고 있다.

나는 글쓰기를 즐겨 하는 편이다. 그것이 나 스스로 숨을 불어넣어 하늘로 날아오를 풍선의 모습이라 해도 지나친 표현은 아니리라. 날다가 날다가 나뭇가지 끝에 걸려 추락하든, 공기가 빠져 어느 집 담장 아래 얌전히 내려앉게 된다 한들 의지를 멈추고 싶지 않은 취미를 갖고 산다.

우리가 누리고 있는 현재의 모든 것은 어디서부터 시작되었을까. 시대의 흐름 속에 누군가의 희생과 노력이 없었다면 가능치 못했던 일들이다. 오늘날 허락된 여유로운 삶과 관습의 변화도 먼저 가신 부모님들의 고난과 극복으로 이루어졌다고 생각하니 어머님의 모습이 더 가깝다.

나도 언젠가는 볼품없는 저 풍선의 모습이 되고 말 터이다. 자유와 희망을 잃은 것처럼, 육체와 정신의 세계가 날로 쇠잔해지는 걸 피해 가지는 못하리라. 머지않아 다가올 나의 자화상을 저 풍선에서 발견한 셈이다.

하지만 날 수 없는 운명에 이르더라도 마지막까지 넉넉한 바람과 햇볕 아래서 삶을 지탱해 갔으면 좋겠다. 그 속에 깃든 조건들이 어떤 모양으로 나를 기다려 줄지 궁금하다. 부디 어둠의 터널이 아닌 평온한 길로 들어서길 희망한다.

엄마의 젖무덤

바짝 마른 엄마의 몸에는 젖가슴이 없었다. 형체 없는 무덤이었다. 어두운 절벽 같은 느낌만이 온몸을 감싸왔다. 핑그르르 눈물이 고인다. 언제부터인가 차츰 상실되어 진 여성도 남성도 아닌 그저 하나의 희미한 생명이 그림자처럼 앉아 있을 뿐이다.

항상 엄마의 젖가슴이 그리웠다. 어떤 촉감인지 궁금했다. 나를 낳아준 분은 일찍 돌아가셨기에 내 유년은 솔직히 말해서 한 참씩 외로운 날의 연속이기도 했다. 나이 차가 많은 언니를 비롯해서 총총한 터울의 언니를 여럿 둔 탓에 엄마의 부재는 불편한 줄 몰랐지만 그래도 항상 엄마의 젖가슴을 느껴보고 싶었다.

콩쥐와 팥쥐라는 동화를 싫어했다. 바로 내 가족의 그림이 그려지는 듯한 인상에 빠지고 싶지 않았기 때문이다. 나는 콩쥐도 아니었고 새엄마는 절대 팥쥐의 엄마도 아니었다. 그래도 어쩔 수 없는 것은 숨겨진 내 한 편의 삶에서 항상 우울한 기억이 조금씩 꿈틀댄다는 사실이다.

세월의 강이 길게 흘러갔다. 이제는 초로의 길목에서 모든 것을 수용하고 받아들일 만큼의 넉넉함이 자리 잡은 지 오래 이다. 지니고 싶지 않은 추억들이 흐릿해져 가는 것을 실감한다. 왠지 가까이 다가가기 어려웠던 엄마였지만 요양원에 계신다는 사실만으로도 항상 마음은 무거웠다. 집으로 돌아오실 기회는 점점 줄어들고 있으니 안타깝기까지 했다. 보이지 않는 침묵이 가득 내려앉은 그곳을 찾을 때면 왜 그리도 복잡한 심경에 이르는지 잘 모르겠다.

좋아하시는 증편을 사 들고 간다. 조금씩 떼어서 아기처럼 입에 넣어 드리는데 순간 어딘지 모르게 위로가 되기 시작한다. 오히려 나 자신이 위로받으려고 찾아온 느낌이다. 잠시 짙은 어둠이 내려앉듯 형제들의 얼굴을 보기가 그리 편하지는 않았다. 변화된 사회의 모습을 부인하지는 않지만, 서로가 죄인이 된 기분인 것 같아 그랬다.

본의 아니게 가족과 단절하여 요양원에서 생활해 온 탓인지 말씀을 잊어버리신 모양이다. 두 손을 감싸고 어깨를 보듬어 드리건만 반응이 없으시다. 소통되지 않는 모습에서 만감이 교차해 간다. 그래도 열심히 눈을 맞추고는 무슨 말이든 끄집어내어 열심히 속삭여 드린다. 애타는 시간만 흘러갈 뿐이다.

  남아 있는 인연의 고리가 점점 약해지고 있다. 그토록 궁금했
던 젖가슴을 이제야 과감히 더듬어 보건만 알 수 없는 쓸쓸함만
이 내 가슴에 가득 밀려든다. 철이 든 이후에 깨닫게 된 인생의
보루와도 같은 분, 엄마라고 불러야 할 이름이 허물어져 가는
것만 같아서 결국 울고야 말았다. 맘껏 쏟아내지 못했던 서러움
과 허탈감이었으리라.

  아무런 저항도 않는 가벼운 육신을 가진 엄마에게서 서늘한
바람이 인다. 내 삶의 뿌리였던 고향도 함께 사라져가고 있는
순간이다.

시간의 그림자

몽환적 아름다움이 이런 것일까. 슬로베니아를 대표하는 관광지, 블레드 성에 올라서 내려다보는 풍경이다. 둘러싸인 블레드호수와 함께 성을 지키는 맑은 공기, 하늘의 빛깔마저 잔잔함으로 다가온다. 깎아지른 절벽 위에 세워진 성은 그야말로 사방이 온통 그림과도 같았다.

땅 아래 사람들은 자연히 위를 쳐다보며 살아야 했으리라. 같은 인간이지만 낮은 자세로, 같은 하늘을 이고 살면서 신분의 차이에 각기 다른 길을 걸어야 했을지도 모른다. 성주는 누구였으며 또 어떤 품성의 소유자였을지 궁금했다.

1011년경 신성로마제국 헨리 2세가 어느 주교에게 헌정한 성이라는 안내자의 설명이다. 영화처럼 그 시절의 모습이 지나가고 있다. 지진으로 소실되었다가 1800년경에 지금의 모습으로

복원되었다는데 타임머신을 타고 중세로 돌아가는 것만 같았다. 깊은 시간의 그림자는 그렇게 그곳에서 나를 붙잡고 있었다.

성은 의외로 아담했다. 성곽 안에 우물이며 대장간, 인쇄소 등이 있는 걸 보면서 그때의 소리가 들려오는 듯했다. 아직 사람의 흔적이 남아 있다고나 할까. 덮여진 우물의 뚜껑까지 묵직한 느낌으로 전해오면서 누군가와 마주하듯 낯섦도 적었다.

성주의 삶을 그려보았다. 군림만 했을지, 아니면 성의 안과 밖의 사람들에게 삶의 여유를 나누며 살았을지 하는 의문이 파고들었다. 시대적 배경도 한몫을 감당했겠지만, 여전히 사람과 사람 사이에 높낮이가 있었다는 판단을 거두지 못했다. 빼어난 경관과 함께 성주도 자기만의 영역에 만족했을까 하는 특별한 생각마저 들었다. 지속하고 싶었을 선한 욕망이 혹 다른 길에 이르지는 않았을지 염려스러웠다.

성의 마당에서 또 다른 기이함을 보았다. 저만큼 시야에 담기는 알프스의 만년설이 가까웠기 때문이다. 하늘 아래에서는 모두에게 이렇듯 평등함이 부여되고 있다는 것을 확인했다. 그것이 눈에 뜨이는 것에만 제한된다고 판단하지 않겠다. 보이지 않을지라도 누구나 그 안에서 생동감을 찾으며 건강한 의식의 세계로 걸어가도록 하는 힘이 있다고 믿어서다.

오래전의 사람들은 사라져갔다. 그러나 이야기들은 옛것을 거슬러 미래를 향하게 만들어 놓았다. 성을 둘러보는 동안 짧은 시간이었지만 앞으로 기억될 내 그림자에 대해 조금씩 염려를 쌓도록 했다. 완벽함을 추구하고 싶어서가 아니다. 성은 그렇게 다양한 묵언으로 나를 바라보는 듯했다.

　미래를 향한 내 발걸음을 헤아린다. 세상을 떠날 때까지 내 삶의 자리가 정갈했으면 좋겠다. 멈추지 않는 현재 진행형이 되어 후회가 적은 그림자를 남기고 싶을 뿐이다. 시간은 사라지는 것이 아니었다. 잡히지는 않아도 내 곁에 남아서 되돌아보게 하는 실체였다. 그날로부터 블레드 성 위의 쪽빛 하늘에 둥근 시계를 하나 걸어두고 떠나왔다.

거꾸로 가는 시계

한낮의 호미곶은 작열하는 태양 빛으로 가득했다. 상생의 손이라 하는 왼손과 오른손의 조형물을 바라보는 것이 그날의 주된 목적이었던 만큼 더위조차 방해가 되지 않았다. 주변의 크고 작은 조형물까지도 신기하게 다가와서는 시선을 끌기에 충분했다. 바다와 하늘이 온몸을 환하게 감싸오는 것 같은 느낌으로 그곳의 풍경은 또 다른 의미로 가슴에 다가왔다.

거꾸로 가는 시계, 그 낯선 조형물 앞에서 걸음을 멈추었다. 무엇엔가 머리를 한 대 얻어맞는 기분이라고나 할까. 마치 지나간 시간 속으로 빨려 들어가는 듯한 생각이 자리를 잡는 거였다. 시계를 설명하는 글귀에는 시간을 되돌려 봄으로 인해 앞으로 나아가기 위한 창조 정신, 도약하는 대한민국의 국운 융성을 위함이라고 쓰여 있었다. 그렇지만 나에게는 내 삶의 현재와 과거가 함께 오버랩되어가는 것을 느껴야 했다.

그곳에서 거대한 시간의 모양을 보았다. 나아가 시간이라는 개념은 개인과 나라의 역사가 지나갔어도 그림자처럼 남아 사람의 마음을 움직여 준다는 사실을 인식하였다. 다시 오는 시간 속에서 지난날을 반추하며 현재를 어떻게 다스려야 하는가의 깊이가 파고든다고나 할까. 개인과 국가가 어느 한 부분 미약하다 할지라도 지나간 것에 대해 잘못된 부분은 고치고 더 나아지기 위한 자세, 곧 그 점이 창조의 정신임을 깨달은 셈이다.

문득 시간에 떠밀려 허우적대는 나 자신을 발견하고야 말았다. 의지와 상관없이 빠져든 것은 아니라 해도 처음의 자리로 돌아가고 싶다는 시간이 고개를 내밀어 보인다. 인생의 시간이란 명제 앞에서 언제 이렇게 여기까지 다다랐을까, 놀라움이 엄습해 올 뿐이다. 아무런 표시가 나타나지도 않는다. 그러나 그 속에는 후회와 미련도 있으며 끝나지 않은 꿈과 희망도 가라앉아 있다는 고백만이 나지막하게 흘러나온다는 사실이다. 잠시 이렇듯 과거와 현재의 내가 만나고 있었다.

어른이라는 이름이 부끄러울 때가 많다. 꽃과 열매가 탐스러운 시기를 지나듯 내 모습도 그렇게 변하고 있는 현실을 인식한다. 외모뿐만 아니라 정신의 세계까지 위축되어 가는 기분이다. 시간은 그만큼 손닿는 곳에서 튕겨 나가려는 탄성의 법칙을 지닌 모양으로 보이고 있다.

이제야 절실히 시간의 귀중함을 깨닫는다. 지나간 날들을 되돌려 가지런히 정렬한 후 오늘에 남아 있는 불편하고 안타까운 여러 사건에서 벗어날 수만 있다면 얼마나 좋을까.

가장 후회되는 점이 있다면 돌아가신 시부모님과 친정 부모님께 못해 드렸던 일들이다. 여러모로 미흡했던 자식 노릇이 부끄럽고 민망하기가 그지없다. 기다려 주지 않는 시간 앞에서 그때는 왜 그리 마음을 넓게 쓰지 못했을까. 내가 이제 그때의 부모님들처럼 나머지 인생을 걸어가는 중이라 생각하니 시간은 참 짧고 빠르다는 느낌과 함께 조급해지기까지 한다.

울컥하는 마음을 다스려야만 했다. 시간의 미묘함에 젖어 현재의 나를 발견하면서도 한참을 더듬으며 오른 과거가 사라지지 않은 채 마음을 흔들고 있어서다. 함께 여행 중인 아들네 가족이 내 곁을 지키고 있건만 문득 낯선 내가 서성인다는 생각이 자리를 잡는 거였다. 인생의 행로가 분명 감사의 지점이기도 하지만 멀어져간 시간이란 실체 앞에서는 살아온 궤적들이 아쉬움과 후회를 남겨주고 있었다.

아들에게조차 그런 내 마음을 내색도 못 하고 웃으면서 거닐었다. 이 순간이 행복한 시간이라며 거듭해서 나 자신에게 주문을 걸었다. 지나간 날들보다 남아 있는 날들의 길이가 한참이나 짧은 것을 인식하고 어떻게라도 알뜰히 보내야겠다는 다짐을 한다. 나름 대로의 합리화라고나 할까. 지금 나를 둘러싼 모든 환경과 조건들이 과거로 인한 현재의 열매라 여기면서 기쁨은 기쁨대로 슬픔은 슬픔대로 받아들이자고 마음을 달랜다. 그리고 혹여 내 뜻과 달리 요동하는 삶의 곡선을 만날지라도 침착한 자세를 취하려 애쓴다.

그날 이후 어디든 장식되어 있는 시계를 다시 한번 올려다보는 습관이 생겼다. 시간을 가리킨다는 자체가 힘이 실린 음성과도 같았기 때문이다.

시간은 그렇듯 한 치의 오차를 허락하지 않고 늘 우리 곁에 머문다는 것을 다시 한번 깨달았다. 산다는 것은 연습이 통하지 않는 과정이다.

나도 예술가

세상이 오묘하다. 그 안에 담겨있는 모든 것들이 저마다의 개성을 띤 채 우리와 함께 있다. 보고 듣고 만지며 살아간다. 그것은 나 자신부터 생명이 있기에 가능했다. 만약 그렇지 않다면 어떻게 이런 의미 있는 세상을 바라볼 수 있겠는가. 하루하루 모든 것이 예술의 세계와 닿아 있는 셈이다.

생명 있는 모든 것에 어찌 고뇌가 없다고 말할까. 생육에 필요한 지경地境과 조건을 좇아가느라 애쓰는 흔적이 무엇에든 스며 있었다. 관심을 두지 못할 만큼 미미할지언정 대단하지 않은 것들이 없었다. 모두가 그렇듯 생의 한복판에 서서 열심을 내고 있었다.

어느 것 하나도 무의미한 것은 이 세상에는 없다. 주어진 분복대로 혼신을 다해 영광스러운 삶을 살아내는 것이다.

아침 창밖이 요란하다. 내다보니 전깃줄 위에서 제비 두 마리가 바쁘다. 흔한 광경이기에 대수롭지 않게 생각했다. 그런데 며칠이 지났지만, 여전히 바쁜 날갯짓에 관심을 거둘 수 없었다. 더 자세히 관찰하기로 했다. 제비의 움직임을 따라 내 시선이 멈추지 않은 채 드디어 그 진원지를 찾아냈다.

바로 제비집이었다. 옆집 처마 끝에 집을 짓느라 그렇게 분주히 날고 있었던 것이다. 조용한 곳에 자리를 제대로 잡았다. 새집 분위기가 물씬 풍기는, 아마 부부만이 기거할 듯한 작고 아담한 집이었다. 입구가 어쩌면 불편할 것같이 천장과 맞닿아 있었지만, 자연스레 드나드는 모습이 신기했다. 입을 뾰족이 내밀고 밖을 내다보는 품새가 여간 아니다. 이런 미물들도 생명이 있기에 집이 필요하고 가족이 있기에 집이 더욱 필요하다는 것임을 알 수 있었다.

제비집은 예술성이 뛰어날 만큼 정교하다. 지혜로 지었으리라. 흙과 검불을 물어다가 튼튼하게 짓느라 수고가 많았으리라. 이제 그곳에서 한 가정이 대를 잇기 위해 열심히 살아갈 터이다.

이 작은 제비집에 새끼가 생기면 협소해서 어쩔까 하는 염려가 생겼다. 그때쯤 흔히들 말하는 강남으로 떠난다고 하던가. 이렇게 세상은 저마다 살아가기 위해서 때에 맞춰 길을 찾아 나서기 마련이다. 그 길이 삶의 여정이라는 의미를 새삼 깨닫는다.

지극히 평범한 일상을 살아내면서 오늘에 이르렀다. 조그마한 삶의 확장이었다 해도 어렵고 힘든 문제에 부딪혀야만 했던 순간들이 많았다. 그 순간마다 나를 지탱해준 것은 무엇이며 내게 있는 특기는 무엇이었을까. 그것은 겹겹의 세월 속에서 쌓아온 나만의 예술성이었다. 특별나게 자랑할 만한 것은 없다. 하지만 지금껏 지켜온 인생을 예술이라 말하고 싶다. 자화자찬이 아니다. 돌아보니 나 아닌 다른 이들도 그렇게 자기만의 터전에서 열심을 다하고 있었다.

　생각의 조율에 따라 생이 한층 여유로워지는 것 같다. 조금은 불편한 집이지만 나는 만족하다. 사회에서 우월하지 않을지언정 부끄럽지도 않다. 손끝에서 빚어내는 나만의 예술성이 부족하면 부족한 대로 보완하려 노력하고 있다. 이렇듯 삶의 마당에 들어선 전체를 감사하게 여길 뿐이다. 소소하고 약하게 비칠지라도 그 안에서 의미를 찾으며 순응해 가고 있다.

　나의 삶도 저 제비 부부처럼 집을 짓느라 바쁜 날들이었다. 때에 이르러 강남으로 떠나듯 삶의 변화를 좇아 정해진 궤도에서 벗어나지 않으려 애써 왔다.

　눈과 마음이 열리기 시작하면서 주변의 모든 풍경은 소박한 예술로 다가올 만큼 여유로움도 늘어갔다. 땅 위에서 얻은 지위는 없다. 그러나 하루하루 분주하게 이어지는 일상과 자식들과의 거리가 내 인생을 한층 승화시켰다고 자부한다.

예술의 한계는 없다고 본다. 세상이 존재하는 것은 저마다 이런 예술성을 지닌 이유로 순환해 가고 있지 않을까 싶다. 작은 사건에서부터 큰 것에 이르기까지 가치를 지녔다고 바라보는 자세가 필요한 순간이다. 긍정의 사고思考를 더한다면 혼돈도 사라지고 갈등과 번뇌마저 덜 하리라 믿는다.

복잡한 삶 가운데서도 지금 살아 있다는 것에 최선을 다하는 것이 예술가의 본분일 것이다. 자기 자리를 어떠한 상황이든 지키고 다듬어 가는 것, 그럴 때 질서가 있고 평화가 있지 않을까.

세상은 온통 예술의 마당이다. 함께인 듯해도 아니고, 혼자인 듯해도 함께인 세상으로 이어져 흘러가고 있다. 그 안에서 제각각 주어진 몫을 감당하며 자기만의 길을 갈 때 하루하루가 빛나리라.

보여지는 것과 숨어 있는 마음의 세계, 나는 오늘도 그곳을 드나들고 있다. 내가 빚어내는 삶의 작품이 어렵사리 돋보이지 않아도 좋다. 어눌하고 부족하면 어떠랴. 모든 것에 감사할 때 생의 반원이 일부나마 흡족한 흔적으로 남게 되리라.

삼라만상, 숨탄것 모두 예술가다.

빚진 자

　병원이다. 환자인 듯한 대부분 사람은 나이가 많고 거동이 불편해 보인다. 곁에 있는 보호자는 거의 자식들인 듯하다. 대형병원이기도 하지만 구석 구석마다 진료를 기다리느라 분위기마저 조금씩 달랐다. 소란함보다는 가라앉은 풍경들이다. 기대와 두려움이 뒤섞인 병원의 기운은 잠깐 동안 여러 가지 생각을 불러다 주었다.

　남편의 지병 때문에 동행중이다. 지방에 살다 보니 진료 시간에 맞추느라 새벽부터 나서야 한다. 이렇게 병원을 오가는 일은 하루를 보낼 정도로 시간이 필요하다. 그나마 다행은 기대했던 대로 많이 좋아졌다는 의사의 한마디가 묶였던 근심을 풀고 돌아오게 만든다. 오늘날의 발전된 의료혜택을 누리는 것조차 감사할 뿐이다.

유독 눈길이 가는 쪽은 걸음조차 어둔한 분들이다. 그래도 자식의 부축을 받고 있는 모습이 한참이나 다행스럽게 보였다. 아픈 경우가 생기지 않는다면 좋겠지만 어린애처럼 누군가의 보호를 받으며 병원에 왔다는 사실이 흐뭇한 광경이었다. 갑자기 나 자신이 빚쟁이가 된 기분이 들었다. 시부모님과 친정 부모님들이 모습이 떠올라서다. 이미 돌아가신 분들이지만 나는 저렇듯 옆에서 부축하며 병원에 다닌 적이 얼마나 있었는지 생각해 보았다.

핑계는 아니다. 그때는 왜 그랬을까. 지나온 일들이 거리를 가까이하며 가슴을 두드린다. 정신없이 살았고 많은 형제 틈에서 책임감도 크게 갖지 않았던 불효한 삶이 분명하다. 한참의 세월이 지난 다음, 우리의 몸과 마음이 약해지는 시기에 이르러서야 그때의 상황을 이해하고 돌이켜 볼 수 있게 되었으니 죄스럽기 그지없다.

마음의 빚을 실감한다. 사사건건 많은 빚을 졌으면서도 갚기에는 너무나 인색했던 나 자신이 병원 복도에 기울어진 모습으로 앉아 있다. 연습이 없는 인생의 무대 위에서 초라한 후회만 고개를 들 뿐이다. 손짓 하나, 몸짓 하나마저 어떤 변명도 구실을 못 할 만큼 힘이 빠져나가는 기분에 이른다. '지금 알게 된 것을 그때도 알았더라면' 하는 어느 시인의 잠언이 뇌리를 스치고 있다.

휴대폰이 울린다. 진료 잘 받았냐는 아들의 물음이다. 그동안 남편의 치료 과정에서 아들의 도움이 컸다는 것은 주변에서도 익히 안다. 갑자기 미안한 생각이 몰려왔다. 나는 부모님께 많은 빚을 지고도 갚지 못했는데 내 자식에게는 틈틈이 돌려받는 그 무언가가 그렇게도 고마울 수가 없다는 사실 때문이다. 짧은 전화 한 통, 잠깐이라도 보여주는 얼굴이 어떤 특효약보다도 낫다는 것을 말하고 싶다.

가정마다 차이는 있겠으나 부모와 자식 사이에서 모든 일이 원만할 수는 없을 것이다. 그들 나름대로 미세한 부분에서 감정을 오르내리게 하는 일도 더러는 있겠다. 이번에 확실하게 깨닫게 된 것은 내가 '빚진 자'라는 것이다.

그 빚을 탕감받지도 못했으면서 소소하게나마 자식으로부터 오히려 받는 것을 좋아했던 순간이 있지 않았던가. 후회한들 무엇 하리, 오랜 시간이 지나서야 알게 된 미완의 자화상 앞에서 고개를 숙이고야 만다.

12월의 장미

달력의 마지막 장이다. 아파트 담장을 휘감고 있는 장미가 아직도 의연하다. 겨울의 문틈에서 추위를 잘도 버티어 내고 있다. 잎을 거의 떨궈낸 가지에는 한때 왕성했던 가시가 저 만큼에서도 선명하게 보인다. 꽃잎의 빛깔조차 색다른 가운데 듬성한 몇 송이에서 생명력을 느끼고 있음은 왜일까.

여전히 곱다. 마지막까지 내려놓지 못하는 붉은 빛을 보며 사람과 대비되고 있었다. 누구든 주어진 인생을 살아가는 과정이 그와 같지 않을까 하고 짐작한다. 꽃의 여린 속성에 숨겨진 또 다른 강한 모습에서 나 자신을 들여다보기에 이르렀다.

내심 장미를 닮았다는 착각에 빠져든다. 그동안 허락된 삶은 자유롭지도 녹록하지도 못한 현실이었다. 아름답고 우아함에서 멀어져가는 저 장미의 현재를 비교하며 나를 위로하는 마음이 생겨나고 있다. 비록 낡아가는 인생일지언정 삶의 열정을 장미와 동일시해도 지나침은 아니리라.

결혼을 시작으로부터 생활전선에 나서야만 했다. 가끔씩 내려놓고는 홀가분해지고 싶을 때도 많았다. 그래도 잘 견디며 살아왔다고 혼자 중얼거리는 일이 잦은 편이다. 저 추위와 맞서고 있는 장미를 보며 그런 생각을 품는 것은 생의 뒤안길이 후회 없는 열정이었기에 그렇다.

더욱 시선이 끌리고 있다. 장미의 마지막 모습이 어떻게 비칠지 조심스러움마저 든다. 아주 초췌하게 스러져 갈지라도 건강한 의식의 세계로 나를 이끌어가길 간절히 바랄 뿐이다. 생명의 탄생부터 죽음에 이르는 과정까지 인정하며 받아들이는 정신이 필요한 것을 장미를 통해 알아간다.

지금의 내 모습도 여성이라고 하기는 밋밋할 만큼 닳아버린 형상이다. 그렇지만 가슴 저 밑에 내재 되어 있는 꿈의 조각들을 찾아 나서기로 한다. 작지만 단 하나라도 꺼내어 다듬고 키우는 일에 몰두하리라. 삶의 의욕이 상실되지 않도록 날마다 자신에게 많은 것을 주문하고 어루만지는 습관에 젖어 들어가리라.

언젠가는 우리네 인생도 소리 없이 사라져갈 것이다. 그러나 오늘 끝까지 주어진 생을 지켜가는 장미를 보며 큰 의미를 찾았다. 부족한 열정으로 살아가는 나를 12월의 장미가 발길을 붙잡

아 놓고야 말았으니 그 여운에 취해 두려움조차 작아진다. 삶의
끝자락에 닿을지라도 침착한 마음으로 만나야 할 또 다른 나를
발견한 날이다.

두 바퀴의 의무

자전거를 타보고 싶었다. 예전부터 운동신경이 둔한 터라 엄두를 낼 수 없었는데 배워보기로 단단히 결심했다. 남편이 애써 뒤에서 붙들어 주며 페달을 돌려 보라 하지만, 한 바퀴도 못 돌리고 넘어지기 일쑤였다. 다리는 온통 멍투성이가 된 채 가족들에게 핀잔을 들었다. 오기가 생겼다. 며칠 동안 수없이 연습했더니 이제는 제법 앞으로 나아갈 수가 있게 되었다. 그때의 기분은 이루 말할 수 없을 만큼 좋았다.

틈날 때마다 자전거를 타고 동네를 몇 바퀴 돌고는 했다. 기우뚱대면서 자전거를 타는 내 모습을 보고 이웃사촌들이 웃어대도 부끄러운 줄 몰랐다. 자전거와 내 마음이 하나가 되는 듯한 가벼움까지 맛보게 되니 불어오는 바람조차 더욱 신선한 느낌이었다. 혼자만의 여유를 즐기기에도 대단한 만족감을 찾았다고나 할까. 후로부터 건강까지 덤으로 얻을 수 있다는 생각과 함께 자전거 타기에 매료되기 시작했다.

싱그런 바람이 부는 날 자전거 타기는 더 즐겁다. 집 밖으로 조금만 나가도 잔잔한 강물을 곁에 끼고 둑길을 달릴 수 있다. 그곳에서는 나도 들꽃처럼 낮아지게 된다. 형형색색의 들꽃들이 저마다 소릴 치면서 햇살 속에 나란히 앉아서 나를 부르는 것만 같다. 몸을 낮추고는 전해오는 그들의 순수함에 빠져들어 가고야 만다. 취한 듯 눈을 감고 가만히 있으면 감미롭기까지 하다. 이처럼 자연의 모든 것들도 제자리에서 제 몫을 묵묵히 감당해 간다. 그 속에 질서가 있고 인내가 있다는 새로운 경험을 한다. 이 모두 자전거를 타면서 얻게 된 값진 선물이다.

집으로 돌아오는 길, 마음은 풍선처럼 하늘을 오르고 다리는 힘껏 페달을 밟는다. 들판에 내려앉기 시작한 저녁노을은 지상의 바다를 이루어 내고 있다. 작은 길 위의 여행에서 얻는 또 다른 기쁨이 이런 맛일까. 아집도 내려놓고 욕심도 버리기를 나 자신에게 바라는 조용한 시간이다.

문득 자전거의 움직임이 작은 우주, 즉 가정이란 굴레의 바퀴와도 같다는 상상을 한다. 자전거가 넘어지지 않고 중심을 지켜야만 앞으로 나아가듯, 가정이라는 곳도 같은 이치임에 틀림없다. 바퀴의 역할이 곧 부부의 역할과 흡사하다는 생각이 든다.

두 개의 몸이라 해도 한 몸처럼 되어서 가정을 이끌고 가야 원만하기 때문이다. 상호 보완 속에 어느 한쪽도 멈추지 않아야만 앞으로 나갈 수 있다는 것을.

많은 군중 속에서 나를 발견한다. 높은 날개도 가지지 않았으며 커다란 몸짓을 품지도 않은 모습이다. 그만큼 미약한 존재였다. 그러나 나름대로 최선을 다해온 날들이었다. 자랑은 아니지만 나만의 자리에서 바퀴의 역할에 충실했다고 자부한다. 행복의 크기에 연연치 않고 종착역을 향해 언제나 바퀴의 의무를 다하면서 달려왔다. 그것이 나를 위한 일이었다 해도 한 걸음 더 나아가 가정과 가까운 사회와의 조화로움을 위해 애써왔던 시간이었다고 말하고 싶다.

삶의 여유는 그렇게 내 안에서부터였다. 그것을 알게 된 후로는 세상의 모든 것이 질서가 있고 아름답게 보인다는 사실이다. 행복은 스스로 만들며 찾아내는 거였다. 하늘이 눈부신 날 가슴에 햇살을 가득 담으며 자전거를 타고 싶다. 몸과 마음이 가벼워지고 노래는 높아져 갈 것이다.

사람과 꽃

설을 앞둔 대목 장날이다. 나도 모르게 큰 물결 같은 인파 속으로 빠져들어 가고 있었다. 어깨가 부딪치는 요동의 촉감도 괜찮았다. 사람들은 저마다의 사연을 시장바구니에 가득 담은 채 연신 느긋한 마음들로 이것저것 사기 위하여 두리번거리는 중이다. 아주 빼곡한 시장의 풍경이 정겹기만 하다.

그들과 섞여 살고 있다는 사실이 좋았다. 고립되지 않았다는 기쁨을 맛보기 때문이었다. 시장 안 사람들의 표정이 살아있는 꽃처럼 모두 아름다웠다. 질서마저 유지되고 있었다. 이곳저곳에서 높아지는 상인들의 목청까지 아무렇지도 않게 귓전으로 녹아 들어오고 있으니 왠지 푸근하다.

이렇듯 장날의 모든 풍경이 덩달아 바쁘게 흐른다. 나도 무엇인가 사고 싶어졌다. 다른 볼일로 나섰지만, 그곳에서 장을 보고 싶은 마음이 생겨난 것이었다. 마치 같은 연못의 물고기처럼 꼬리에 꼬리를 물며 따르듯 유영하는 내가 되기로 했다. 소소한 행복에 빠져드는 시간이었다.

한 바퀴쯤 돌았을까. 어느새 내 양손 가득 산 물건들로 무게를 더해 온다. 이쯤이면 명절 준비가 아쉽지 않을 듯싶다.

오가는 시장 안 사람들도 환한 얼굴들이다. 이제 그들도 나처럼 가족을 위해 무언가 장만해 가는 흡족한 기분을 맛보는 걸까. 여전히 세상은 꽃 피고 있는 중이었다. 다양한 모습으로 피고 지고 그 자리에 열매를 맺으며, 씨앗을 품고 인정과 예의를 이어가는 삶의 현장이었다.

봄이면 들판에 나서는 일이 잦다. 지나칠 수 없는 것은 사방에서 생명의 용트림을 보는 일이다. 겨우내 차가웠던 땅 위로 솟아난 온갖 풀들이 풋풋한 냄새를 풍기며 제 한 몫을 감당해 낸다. 하루가 다르게 진풍경을 연출하고 있다. 하찮은 풀 한 포기에서도 인생의 무한한 법칙을 찾게 되는 순간이라고나 할까. 자연의 끝없이 강하고 아름다운 모습들이다.

시간이 지날수록 놀라운 사실을 발견했다. 모든 풀도 꽃을 피운다는 거였다. 땅에 밀착된 채 눈에 뜨이기조차 힘들 만큼의 작은 잡초에서도 영락없이 꽃은 피고 있었다. 제 몸을 불사르듯 한껏 꽃피우는 일에 열중인 듯했다. 그저 지난날에는 조금도 생각해 보지 않았던 사건이다. 이제는 허리를 굽히고 고개를 숙여서 자세히 들여다보는 습관마저 생겼다.

그곳에도 질서가 있다. 키가 크거나 작다 해도 전혀 무리가 없는 듯하다. 욕심 없는 풀꽃들의 향연에서 생에 대한 한 자락 의미를 깨닫는다. 과연 나는 이 땅에서 어떤 모습일까. 풀꽃만큼이나 제 몫을 다하며 살아가고 있는지, 또는 지금껏 이어온 내 생이 욕심을 버리며 살아왔는지에 대해서 돌아본다.

시장 안에 물결처럼 움직이는 모든 사람이 꽃으로 보인다. 저들에게도 행과 불행이 있으리라. 그렇지만 저들도 꽃처럼 드러내지 않고 조용한 모습으로 최선을 다하며 사는 것 같다. 나도 그런 모습으로 살았으면 좋겠다. 이런 생각을 하기까지는 나 자신도 수많은 허물벗기를 거듭한 후에야 비로소 깨달은 사실이다.

인간도 자연의 일부임을 인정한다. 언제부터인가 남녀노소를 불문하고, 지위의 고하를 불문하고 고귀한 삶의 그림자가 누구에게나 스며있는 것을 느꼈다. 그 속에 녹아든 삶의 애환들까지 모두 값지게 다가왔다. 들꽃에도 영화가 있듯 하물며 사람에게는 더 이상의 커다란 영광이 주어졌으리라 믿는다. 화려하든 화려하지 않든 살아있다는 것은 축복인 셈이다.

나보다 약한 사람 곁에 설 때가 있었다. 조금은 우쭐한 마음이 들기도 했다. 바로 교만이었다. 세상에 태어나서 귀하지 않은 사람이 어디 있단 말인가. 얼마나 부끄러운 기억인지 절로 고개가 숙어진다. 들판의 작은 꽃에서도, 복잡한 시장의 한복판에서도 그치지 않고 귓전에 울려오는 심금이 새로운 눈을 뜨게 만들고 있다.

세상은 꽃들의 향연이다. 수많은 사람도 자연과 동화되어 꽃을 피우며 살아간다. 사람 냄새가 물씬 풍기는 명절을 앞둔 시장에서 그것을 똑바로 확인했다. 꽃의 움직임을 살피듯 갑자기 그들의 처소까지 궁금해졌다. 상상의 날개를 펴서 기웃거리기로 한다. 그들이 만든 맛있는 음식과 화목한 이야기들이 가벼운 연기가 되어 골목 저쪽까지 흘러나올 것만 같은 기분이다.

내 발걸음도 분주하게 집을 향해 옮겨가고 있다. 기다리는 가족을 위해서.

chapter - 2

알맹이

세상의 모든 알맹이가, 익어가기까
지 그 과정을 지켜낸 껍질들, 모두
가 한 곳에서 어우러져 값진 모습들
로 다가온다. 때로는 초연하고 때로
는 치열하게 제 자리를 지켜가고들
있다. 하지만 잊지 않아야 할 것이
있다. 아무리 과학이 앞서고 문화가
발달했다지만 필요한 것은 인간과
인간 사이에 이어져가는 질서라 생
각한다. 뽀얀 알맹이, 배시시 웃는
아들의 가족이 현관에 들어서고 있
다.

-본문 중에서

햇살 같은 얼굴

그에게 이야기를 건네 본 적은 없다. 이름도 성도 모른다. 그의 밝은 표정 속에는 목소리까지 몫을 더한다.

꽤 오랜 세월이 지났건만 여전히 그 모습 그대로여서 놀라울 뿐이다. 내가 이곳에서 살게 된 지가 사십 년이 넘었으니, 그의 얼굴에 내려앉은 세월의 흔적으로 보아 나이를 어느 정도 짐작할 수 있다. 예순 전이지 싶다.

도시가 확장되면서 버스터미널이 옮겨졌다. 옮기기 전부터 보아왔던 터, 그때 그는 앳된 청년의 시기였다. 그가 항상 버스에 올라 승객들에게 신문을 팔았다. 주간이나 석간을 들고 외치던 모습이 아직도 생생하다. 지금과는 사뭇 다른 터미널 풍경이었다. 이젠 각자에게 스마트폰이라는 기기가 주어졌으니 특별한 경우를 제외하고는 굳이 종이로 만든 신문은 나부터도 구입

하지 않는다.

그즈음 그는 이제 신문은 팔지 않았다. 그런데 여전히 터미널이 그의 직장인 모양이다. 지금은 무슨 일을 하는지 궁금해서 자꾸 찾아보게 되었다. 버스 편으로 오고 가는 물건들을 옮기는 일에 열중이었다.

그가 하는 일도 세월에 따라 변한 것이다. 그 모습을 보며 한 사람의 일생에 대해 그림을 그려보았다. 오로지 현재에 충실하는 그의 열정만 보일 뿐이었다. 신문을 팔던 그 맑고 카랑한 목소리, 하회탈처럼 입꼬리 가득 올라간 그의 얼굴이 이 순간도 터미널 풍경을 훈훈하게 만들고 있는 것만 같았다.

얼굴이란 의미는 영혼이 들어가고 나가는 통로라 한다. 모든 것을 알 수는 없지만, 잠시나마 한 사람의 얼굴에서 맑고 투명한 느낌을 발견했다고나 할까. 허름한 작업복조차 환하게 돋보이는 시간이었다. 십 년이면 강산도 변한다는데 몇 번을 넘기고도 여전히 변하지 않은 그를 향해 찬사가 흘러나왔다. 나이가 들면 자신의 얼굴에 책임을 지라던 누군가의 이야기가 머리를 스치고 있다.

섣부른 판단의 감정들로 인한 후회를 할 때가 많다. 조금 더 여유 있게 바라보며 말을 토해낼 걸 하는 마음이지만 이미 쏟아진 물이어서 도리가 없다. 그날 이후로 많은 생각이 이어진다.

그렇다고 해서 실없이 헤프게 웃으며 살아가겠다는 것은 아니다. 먼저 밝은 마음의 자세가 필요하다고 본다. 사람을 겉으로 평가할 순 없지만, 얼굴에서 나타나는 어두움보다는 밝은 표정이 누구에게나 우호적이지 않을까 싶어서다.

과연 행복이란 어떤 것이며 질량은 어느 정도인지 돌아본다. 세상에서 나 자신 만큼 소중한 것이 또 어디 있단 말인가. 무엇과도 바꿀 수 없는 가치라 생각하면 주어진 하루가 그저 감사할 것들로 가득한 세상이다. 그의 표정도 분명 행복이 가득한 모습이었다. 보이는 것이 전부가 아니라 해도 짐작은 실제이기를 바랐다.

세상을 훔쳐본 것이 아니다. 스쳐 지나가는 그림처럼 그 안에 담긴 풍경에서 의미를 찾은 유익한 하루였다. 잠깐이었지만 한 사람의 일생이 내 눈에는 아름답게 각인되어 왔다. 등에 지닌 삶의 무게를 고단하게 여기는 표정이 아니어서 좋았다.

이제 내 얼굴을 들여다본다. 햇살을 좇듯 밝은 방향이 어느 쪽인지 거듭 생각하는 시간이다.

나는 울보다

유년기 나는 유난히 눈물이 많았다. 단순한 이유로, 또 무언가 욕구불만으로 그랬던 것 같다. 멀쩡한 이름 대신 오죽하면 '울보'라는 아명으로 불리었겠는가.

이따금 눈물을 흘리기도 한다. 그러나 지금과 그때의 눈물과는 본질이 확실히 다르다. 스스로를 제어 못 하는 사건이나 감정에 부딪혀서 흘리게 되는 눈물은 나이만큼 낯설고 민망하기 때문이다.

그동안 삶의 두께가 몇 겹씩 포개어졌다. 이성의 세계도 단단하다고 본의 아닌 호언을 하며 지내왔다. 약해 보이기 싫었던 세상을 향한 한낱 자기방어의 수단이었는지 모른다. 그러나 갑자기 티끌만 한 사건에도 마음이 동하면 맥없이 무너지는 자신을 발견하고야 만다. 곧 이성적 판단을 구하느라 애를 쓴다.

내게 있어 차가운 눈물은 분노가 뒤따를 때이다. 피할 수 없기에 한걸음 뒤로 물러나려 노력을 한다. 가슴에 일던 파장이 그치고 나면 조금은 후련하다. 해소되는 느낌을 얻는다. 결국에는 혼자가 된 후에야 혼돈에서 벗어날 수 있다. 자신과 위로를 나누는 순간이 필요하기까지 하다. 이렇게 그치지 않는 영혼의 성장통을 겪으며 한 뼘씩 성숙해지는 것 같다.

갈피갈피 뜨겁게 흘리는 눈물도 있다. 애잔한 감동의 사건이나 기쁨에 빠져들어 갈 때 나도 모르게 젖어 든다. 그 맛은 아마 단맛이 아닐까 싶다. 나아가 눈 주변에서 영롱한 꽃으로 피어난다. 프리즘으로 번져서 시야에 묻어나는 모든 것들이 아름답다. 이어지는 여운의 끝자락에 매달려 놓치고 싶지 않은 감정을 낳는다. 낮은 자세로 세상을 들여다보는 효과적인 시간이다. 아무리 작고 미미한 사건일지언정 소중하게 여기며 하루하루를 살아간다.

눈물은 새로운 나로 바꾸는 능력을 가졌다. 기쁨은 무게만큼이나, 슬픔은 그 깊이만큼이나, 영혼이 가벼워지도록 허락한다. 삶이 조금이라도 메마르지 않게 해 주는 것을 알 수 있다. 본능의 작용이라지만 솔직히 말한다면 소소한 일상에서 나는 눈물을 곧잘 흘린다. 들키지 않으려 애를 써도 어쩔 수 없다. 헤프게 여겨지는 것 같아서 싫을뿐더러 덜 자란 어른인 양 작아지는 심정이다.

나는 왜 이리 여전히 눈물이 많은지 모르겠다. 나이가 들어갈수록 마음이 여리다기보다 약해지는 탓인가 보다. TV를 보다가도 줄거리 속의 등장인물에 빠져들어 가 그 처지가 되고야 만다. 누구나 그렇겠지만 안타까움과 기쁨의 감격에 이를 때의 상황이다. 그러나 삶의 다른 여백쯤으로 고개를 돌려 보면 눈물이 생성하는 효과도 가끔은 유익하지 싶다. 진실한 눈물은 미약하나마 새로운 인간애愛를 싹 틔우기에 충분해서다.

아주 작은 사건을 만나게 되었다. 엊그제만 해도 화사하게 핀 목련이 눈을 즐겁게 했다. 봄을 알리는 등불처럼 보였다. 웬걸, 혹독한 꽃샘추위가 몰려와 하루 사이에 꽃잎이 모두 얼어서 생기를 잃고 말았다. 곧 땅으로 분분히 내려와 사라질 짧은 운명이지만 세상 한구석에서 가치 있는 어느 생명이 사라져가는 것처럼 애처로웠다. 축 처진 목련꽃들이 방울방울 고통스러운 눈물을 매달고 있는 모습으로 다가왔다.

우리네도 그러하다. 기쁘고 슬픈 일들이 교차해 가고 있다. 기쁨은 두 배로 응원해 주고 슬픔은 반으로 나누는 마음을 갖는다면 훨씬 따뜻한 세상이 되리라 생각한다. 많은 변화의 삶 속에서 분별할 수 있는 의식의 눈이 밝아야 할 때다. 우선 나부터 그래야만 하는 것을 안다. 강함보다는 부족하고 약한 것들에 대해 마음을 펴 가는 발걸음이 되길 바랄 뿐이다.

　나 자신과 마주 선다. 끝내 사라질 수 없는 두 마음이 내 안에 있다. 메마름과 촉촉한 감정이다. 서로의 입장을 고수하며 분쟁하는 가운데 하루하루가 지나간다. 그 과정에서 어느 순간 가누지 못할 슬픔에, 주체못할 기쁨에 흐르는 눈물이라면 굳이 막아낼 필요가 있을까 싶다. 묘한 힘이 되어 마음을 움직이고 정화해 줄 것으로 믿기 때문이다. 감정의 변화를 따라 눈가로 찾아드는 눈물이라는 영혼, 이겨내지 못하고 울보가 된다 해도 어쩔 수 없다.

유리그릇

투명한 유리잔에 담긴 차가운 커피, 시각을 넘어 온몸의 감각까지 일깨워 준다. 또 잔 속에서 얼음조각의 부딪는 소리마저 맛스럽다.

보인다는 것에 마음이 꽂혔다. 그릇에 담긴 내용물이 어떤 것인지 어떤 빛깔인지 가늠할 수 있는 유리그릇의 정체가 신비해서다. 유리잔이 아닌 질감 탁한 커피잔에 담긴 냉커피의 맛은 어떨까. 맛의 차이는 크게 다르지 않겠지만 아무튼 촉각에서 오는 짜릿함은 비교가 된다.

유리그릇은 깨지기 쉬운 탓에 조심스레 다뤄야 하는 특징이 있다. 이처럼 다른 그릇과 차별을 두는 것은 사람의 속성과 유사한 점이 있기 때문이다. 겉과 속을 거침없이 드러내다 보면 때로는 본의 아니게 상처를 주기도 하며 받을 수가 있어서다. 무엇이

담겼는지 훤히 볼 수 있는 유리그릇, 차갑거나 뜨겁거나, 사람의 표정을 읽는 것만 같아서 직관을 떠나 유용함만 생각하고 싶어 졌다.

우리는 수많은 관계 속에서 살아간다. 서로가 서로를 가까이 알 듯하면서도 그렇지 않은 경우도 있다. 유리그릇의 표면을 지 닌 것 같지만 보이지 않는 불투명한 관계도 이어져 간다. 그것이 살아가는 실상의 한 부분이다. 오히려 그럴 때는 유리그릇을 다 루듯 조심스레 상대방의 입장을 배려하며 사는 것이 편한 방법 은 아닐는지 생각해 본다.

그 친구와는 오랫동안 유리그릇과 같은 사이였다. 그만큼 가 깝고 투명하다 여겼다. 어느 순간 불투명해지기 시작했다. 누가 먼저였는지 몰라도 미세하게 균열이 생기더니 이제는 사용할 수 없는 그릇처럼 한쪽으로 몰아놓은 상태이다. 안부를 버리고들 살아간다. 그래도 쉽게 내려놓지 못한 채 가슴에서 파편이 되지 않기를 바랄 뿐이다. 무엇이 이렇게 만들어 놓았는지 씁쓸하다. 나이가 더해지면서 너그럽지 못했던 나만의 소양임을 알았지만 이미 되돌리기엔 늦어버린 시간이다. 아집이라 해도 아직은 용 기를 내지 못한다. 꿈속에서나마 가끔 만날 때 기억 저편으로 돌아가서 반가울 뿐이다.

유리그릇에 무엇이 담기는가에 따라 다가오는 느낌, 나는 그것을 너무 솔직하게 드러내려 한 것 같다. 생각해 보니 지나친 요구였으며 표현이었다. 내 마음이 이러하니 상대방도 그러하길 바랐던 짧은 견해가 단절을 불러왔다고 짐작한다. 계절이 바뀔 때마다 창밖으로 보이는 아름다운 풍경을 보며 친구를 떠올린다. 어김없이 아프고 그립다. 부서져 내리지 않고 형태만 남은 유리그릇 안에서 얼기설기 남아 있는 이야기들이 밖을 향하여 튀어 올라 시야를 막아선다. 버리지 못하는 애증이 가슴속에 있나 보다.

알맹이

내 안의 알맹이들이 모였다. 오물오물 입안을 가득 채우고 먹는 모습은 볼 때마다 배가 부른 느낌이다. 가까이 살기도 하지만 한 주에 두어 번씩은 아들네 가족이 찾아와 이렇게 즐거움을 선사하니 참 좋다. 지난 세월이 아주 잠깐이었던 것 같은데 생의 확장을 실감시켜 주는 순간이다. 그렇다면 나는 지금 어디쯤으로 가고 있는지 돌아본다.

모든 열매는 껍질을 보유한다. 껍질은 알맹이를 보호하기 위해 외부로부터 치러야 할 과정들이 즐비하다. 문득 걸어온 날들이 스쳐 지나간다. 나도 알맹이로 시작된 인생인 것을 들여다보게 된 것이다. 그 깊은 진가를 미처 깨닫지 못한 채 보낸 세월이었다. 부모님이라는 이름을 지닌 껍질 속에서 살아왔던 시간이 바로 내 몫이었다는 것을 이제야 헤아려 본다. 잘해드리지 못했던 일들만 떠올라 고개를 숙이게 만들고 있다.

어느새 처지가 바뀌었다. 몇 번씩 변해버린 산천이 나에게 어른이라는 이름을 달아주었지만, 여전히 덜 자란 모습일 뿐이다. 눈감고 기웃거리는 시간이 이어져 간다. 좋았던 기억, 아팠던 기억들이 저만큼에서 말을 걸어오듯 하늘로 고개를 향하게 만들어 놓아서다. 그러나 시선은 다시 알맹이들을 바라보며 함박꽃 같은 미소를 절로 피워낸다.

품었던 자식들도 어엿한 독립체의 형상이 되었다. 그래도 그 끈끈한 혈육의 정은 밀도 있게 이어져서 오늘을 사는 보람에 젖도록 한다. 고맙기 그지없다. 한편으로는 이런 생각도 한다. 생명이 태어나 자라고 한세상 유영하듯 살다가 어느 날 홀연히 떠나야 한다는 것까지 확인하게 된다. 바로 곁에 있는 알맹이를 통해서다. 세밀하게 그려보지 않았던 오늘의 삶이 여러 갈래의 심연에 빠지도록 하고 있다.

만월에 이르듯 풍요가 가득 시간이다. 만날 때마다 내 안의 알맹이들이 즐거움을 선사해 주니 입꼬리를 내리지 못한다. 세상 근심과 걱정이 사라져만 간다. 가득한 물질을 가져서가 아니요, 함께 한다는 사실만으로도 그 기쁨은 무엇과 비길 데 없다. 그러나 자식이라는 자리가 점점 넓어져서 내 삶의 부피를 넘을 날이 다가올 것이다. 그때에 이르더라도 부모의 역할을 순조롭게 감당해 가고 싶다.

내가 껍질일지언정 여전히 여물어 가야 하는 입장이라고나 할까. 가끔은 미숙한 생각과 행동이 앞설 때가 많다는 것을 부인하지 않기 때문이다.

세상의 모든 알맹이, 익어가기까지 그 과정을 지켜낸 껍질들, 모두가 한 곳에서 어우러져 값진 모습들로 다가온다. 때로는 초연하고 때로는 치열하게 제 자리를 지켜가고들 있다. 하지만 잊지 않아야 할 것이 있다. 아무리 과학이 앞서고 문화가 발달했다지만 필요한 것은 인간과 인간 사이에 이어져가는 질서라 생각한다. 뽀얀 알맹이, 배시시 웃는 아들의 가족이 현관에 들어서고 있다.

옮겨심기

'로즈마리'라는 허브가 화분에 산다. 작고 여리던 것이 제법 잘 자라나 풍성해졌다. 이참에 가지를 나누어 옮겨심기로 했다. 조심스럽게 몸체를 들어 올리자 어느새 잔뿌리가 화분을 가득 채우고서 안의 흙을 꽉 움켜쥔 채 하나가 된 덩어리였다. 마치 지금의 우리 가족과 같이 서로가 부둥켜안고 있는 형상이다.

생명의 신비는 그곳에서부터였다. 미리 준비한 두 개의 화분에 옮긴 후 모자라는 흙을 더 부어주고는 흡족한 마음으로 바라본다. 그동안 좁은 곳에 있다가 넓은 곳으로 옮겼으니 로즈마리가 편할 것이라는 생각에서였다. 그런 한편에는 잘살게 될지 걱정스럽기까지 했다.

꽤 여러 날이 지났다. 다행히 뿌리가 적응했는지 싱그럽다. 지나칠 때마다 손길이 머무는 이유는 새로운 이파리가 돋아나는 모습에서 마치 아이가 자라나는 것처럼 대견함을 발견하기 때문이다. 미약하게 시작했으나 왕성해지고 있는 모습이 경이롭다. 다가가 이야기를 주고받듯 하다 보니 무엇이든 서로의 관심 속에서 사랑하는 마음이 더 생겨날 수 있다는 것을 확인하게 되었다.

아들이 곧 결혼한다. 아직은 엄마가 챙겨주는 뒷바라지가 있었는데 그 일도 얼마 남지 않은 것 같다. 아쉬움에 아들의 방을 들여다보노라면 어지럽게 널려있는 옷가지며 제대로 정리 안 된 책상 위의 어수선함까지도 왠지 모르게 정이 간다. 내 눈에는 여전히 아이 같은데 어느새 성년이 되었을까. 순식간에 지나가 버린 세월이 영상으로 스치며 아들의 분가를 실감하지 못하고 있다.

자식도 때가 되면 짝을 찾아 떠나는 게 당연한 일이다. 화초가 커지면 넓은 곳으로 옮겨야 하듯 아들의 분가에 대해서 지금의 내 모습이 그렇게 확인되고 있다. 아들이 떠나간다는 사실에 조금씩 허전해지기 시작한다. 그렇지만 반대로 생각해 보면 다른 종류의 행복이 있지 않을까 싶다. 아들에게서 새 생명이 태어나 웃음소리를 들려주리라 예견하기 때문이다. 내 가슴에서 그동안 퍼내었던 아들에 대한 사랑이 꽃처럼 피어나 인생길의 즐거움을 더해 줄 것으로 상상한다.

아들은 지금껏 내게 로즈마리 향과도 같은 존재였다. 든든하게 곁을 지켜주었으며 살아가는데 절대적 비중을 차지했던 또 하나의 버팀목이었다. 이제는 새로운 길의 시작에 서 있다. 이런 때를 두고 품 안에 자식이라 말하지만 행복하게 살아가길 수없이 기도한다.

아들이 살게 될 집을 구하러 다니기에 바빴다. 얼마 전까지만 해도 이렇게 마음을 쓰게 될 줄은 미처 몰랐던 탓에 여러모로 난감한 일들이 생겨났다. 우선 집의 규모와 어느 정도의 자금이 필요하게 되었다. 부모의 마음이란 적당하고 예쁜 화분을 고르듯 무척이나 조심스럽기까지 했다. 다행히 형편에 맞는 집을 구했다. 한참 지난 세월이지만 아마 돌아가신 시어머니께서도 지금의 나와 같지 않았을까 하고 짐작한다.

아들에 대한 염려는 언제나 끝나지 않는 것이었다. 식물에게 알맞은 수분과 공기가 필요하듯 내 손길이 닿을 수 있는 만큼에서 살았으면 좋겠다는 바람마저 드는 거였다. 그래서 가까운 거리에 집을 마련하려 애쓰는지 모른다. 욕심을 부리는 것이 아니다. 현대인들 속에서 부모와 자식 간의 또 다른 문제와 갈등이 생겨나지 않도록 새로운 각오를 하면서다.

귀 너머로 들려오는 여러 얘기를 이제는 흘려듣지 않는다. 마음의 준비가 부족한 것 같으며 두렵기도 하고 어른이 된다는 사실에 아직은 서툴기 때문이다. 자식도 커지면 어려워지는 법이라고들 말한다. 제 둥지를 향해 분주히 움직이는 아들을 바라보면서 아들이 어떻게 하면 앞으로의 인생을 잘 살아갈지 조심스러운 당부를 생각해 둔다.

우리도 부모님이란 화분에서 옮겨와 자리 잡은 인생이다. 그래서 각자에겐 뿌리가 있다고 본다. 이만큼의 자생력을 되돌아보면 고마운 은혜가 끝이 없다. 부모와 형제 그리고 이웃들, 혼자만 살아온 것이 아니고 많은 보호와 관심 속에 오늘의 내가 있었다. 더불어 아들의 결혼 이야기가 걸어온 삶과 걸어가야 하는 삶을 새롭게 더듬는 계기가 되고 있다.

오늘도 건조해진 화분에 물을 준다. 이파리를 흔들어 주니 고맙다는 듯 짙은 향기로 보답하는 듯하다. 이렇게 허브를 들여다보며 관심을 두는 중에 또 다른 감성 하나를 얻은 양 즐겁다.

아들의 인생과 내가 분리되는 과정이 화초처럼 옮겨심기였다.

나와 놀아주기

참 오랜만이다. 또 다른 나와 만나고 미뤄두었던 시간을 공유하기에 이르렀으니 이렇게 되리라고는 미처 생각해 보지 못했다. 온 세상에 감도는 긴장의 기운은 자꾸만 퍼져가고 있는 터, 일 년이란 세월을 훌쩍 보낸 후에야 눈이 뜨였다고나 할까. 듣기만 해도 두려운 코로나라는 이름이 우리의 일상을 바꾸도록 했다.

뉴스에서 눈과 귀를 뗄 수가 없다. 창밖은 여전히 찬바람으로 가득한 세상이고 침묵만 흐를 뿐이다. 온통 잿빛으로 내려앉은 풍경 같다. 그리고 나뿐만 아니라 너나 할 것 없이 그사이에는 수많은 벽이 생기고야 말았다. 어쩌랴, 그저 살아있음에 안심이고 살아야 하기에 외부로부터 자신을 방어하기에 이른 현실이 되었으니 안타깝기만 하다.

출구를 찾아야 했다. 그렇다고 외출하거나 여행은 꿈도 꾸지 못한다. 나만의 성에서 오롯이 나와 마주하는 시간에 저절로 이르게 된 것이다. 묘한 감정이 밀려들었다. 자구책으로 피할 수 없으면 감당하는 방법을 찾기로 했다. 겉으로 보아서는 특별한 일도 아니건만 더도 덜도 아닌 내 주제만큼 활용하기로 한 것이었다.

한참 동안 잊고 있었던 뜨개실을 꺼내 들었다. 무엇엔가 집중하고 싶어서였다. 간신히 기초에 머물러 있던 터, 일단 모자를 뜨기로 했다. 몇 날 며칠을 거기에 매달리다 보니 시간 가는 줄 몰랐다. 엉성한 솜씨에 제대로 모양이 나오지는 않았어도 세상에서 하나뿐인 내 모자를 두 개나 완성했다. 여름 모자와 겨울모자, 모두 내가 좋아하는 연두와 진녹색으로.

자랑삼아 가족들에게 보였지만 별 반응이 없다. 그만큼 서툰 솜씨라는 걸 부인하지 않는다. 내가 흡족하면 그만 아닌가. 거울 앞에서 모자를 쓰고는 이리저리 모양을 내보는 나 자신이 봐도 생경스럽기까지 하다. 피식 웃음이 나온다. 떠오른 것은 이 순간이 온전하게 나와 놀아주는 여유라 생각하기 때문이다. 지금, 밖의 세상은 무거운 기운뿐이지만 담장 안의 나는 이렇게 나름대로 숨 쉴 곳을 찾아 헤매고 있었다.

행복했다. 작은 손놀림의 연속이었지만 귀는 열려있었고 가슴속에는 무한한 바다가 넘실대는 기분이었다. 혼자가 아닌 내 안의 나와 얘기하며 과거를 거스르기도 했고 미래에 다다르기도 했다. 눈을 뜨면 현실은 불안한 소식들로 가득할지언정 예측할 수 없었던 나와의 만남이 그저 즐거울 뿐이었다.

나와 마주 보며 놀아주기가 얼마 만이던가. 갈증이라고나 할까. 그동안 쌓여있던 삶의 진부한 무게를 조금이나마 내려놓는 심정이다. 밖에서는 지금도 우울한 공기의 소식들이 발목을 잡고 있지만 곧 헤어나리라 믿는다. 모자 두 개가 드러날 만큼의 수확은 아니어도 내게는 생각의 우물을 깊게 파 놓은 모양처럼 진지한 시간으로 남겨졌다. 다음은 또 어떤 놀이로 즐거움을 더해 줄 것인지 찾으려 한다. 그동안 내 눈길을 기다리던 책에 흠뻑 빠져보고 싶다.

누워 있는 꽃

개양귀비꽃이다. 화단 돌 틈 사이에서 앉아 있는 것이 아니라 아예 누워 있다. 왜 하필이면 저곳이란 말인가. 부실한 꽃잎은 햇빛 한 줌이라도 더 받으려 애를 쓰는 모습이 애처롭기까지 하다. 분명 바람에 실려 와서 자리를 잡았을 터인데 절정의 꽃 무리를 벗어났다는 그 자체만으로도 측은했다. 차마 고개를 돌리지 못하고 눈길을 주기로 했다.

흔히 보아오던 꽃잎의 색은 지나치지 못할 만큼 화려하다. 그런데 지금 저 꽃은 그렇지 않다. 제대로 성장을 못 하고 간신히 버텨가는 처지가 되고 만 것이다. 그 모습을 보며 질긴 생명에 대해 경이로움이 생겨나기 시작했다. 눈에 닿는 느낌이 예사롭지 않아서였다. 문득 다가오는 주변의 삶 그리고 지나간 시간이 떠올라 가슴을 헤집어 놓고 말았다.

일어설 힘을 잃었지만 꽃의 속성에서 깊이를 발견했다. 사람도 마찬가지이리라. 살아 있다는 자체가 귀하지 않은 것이 어디 있겠는가. 지금은 모두 저세상으로 떠나셨지만, 생전의 부모님 모습이 떠올라서는 자꾸 저 꽃과 대비되고 있다는 사실에 숙연해지고 있다. 시든 꽃의 얼굴로 자식을 대하시던 마지막 기억이 어제인 양 생생하기에 슬픔과 씁쓸함이 겹쳐 든다. 모든 생명의 처음과 나중, 그리고 지금의 내 입장에 대해서도 마냥 지나칠 사건은 아니라는 생각과 함께이다.

사람이 꽃과 같다고들 얘기하며 산다. 어린 생명부터 노인에 이르기까지 꽃피우느라 일생을 바쁘게 이어가는 모습에서 그 이유를 찾을 수 있다. 저마다의 분량대로 치열한 몫을 감당해 가는 자체가 얼마나 고귀한가 말이다. 그런데 이렇게 마지막에 이른 꽃을 보노라면 안타까움이 스미는 것을 막지 못한다. 후일의 내 모습인 양 겁도 나고 걱정스러워서다. 하루 앞도 못 내다보며 지내는 삶일지언정 가능한 고통의 모습은 피해 가고 싶다는 마음을 누군들 품고 있지 않을까.

세상은 많이 변해버렸다. 부모를 마지막까지 모시고 산다는 이야기가 드문 형편에 이르렀다는 사실이 그것을 증명해 낸다. 거기에다가 요양원이라는 이름도 이제는 생소하지 않은 현실이 되었다. 들여다볼수록 적막한 기운이 머릿속을 파고든다. 친정 부모님도 그렇게 사셨으니 묘할 만큼 산다는 것에 대해 심오한 생각이 쌓이고 있다.

누운 꽃을 향해 틈만 나면 다가선다. 곁에서 싱그럽게 서 있는 다른 화초들과 달리 은근히 바라보며 위로해 준다. 그것은 함께라는 이유를 두고 싶기 때문이다. 지금 우리의 주변에서 흔히 발견할 수 있는 일이기도 하지만 누워 있건 서 있건 사람도 그와 같다는 생각이 자리를 잡는다. 똑같은 하늘 아래서 햇빛과 바람을 맞으며 살아갈진대 이렇게 제 몸을 가누지 못하는 생명이 둘러보면 얼마나 많은지 새삼 엿본 기회였다.

꽃의 줄기와 이파리가 푸른색을 넘어선 지 오래 이다. 그래도 살아 있는 모습이 용해서 깊은 의미로 지켜본다. 버티어 가는 과정이 우리의 삶과 흡사하다. 어쩌면 나 자신의 불확실한 미래에 대한 염려를 조금이나마 위로받고 싶어서 그러는 걸까. 가슴에 또 한 번 자리 잡은 생명의 존엄성이 이런 건가 보다.

오늘은 좋은 날

눈물이 터질지 몰라 손수건을 준비했다. 웬걸 제 아빠의 손을 잡고 입장하는 딸이 생글생글 웃으며 걷기에 잠깐의 염려가 확 사라져 갔다. 십 년 전 아들을 보낼 때도 담담한 기쁨이었는데 오늘은 또 다른 기쁨이 스며든다. 결혼이란 관문을 통과하는 의례가 축복의 장이 되고 있었다.

딸은 다를 줄 알았다. 삼십 년을 응석받이로 바라보았는데 어느새 제 갈 곳으로 날아가다니 시원키도 섭섭키도 한 심정을 미리 짐작할 뿐이었다. 딸의 현재보다 내 인생의 현재를 파악하는 마당이라고나 할까. 많은 하객과 분위기에 따라 고조되는 기분이 처음 맛보는 어떤 중후함으로 다가오고 있었다. 마치 무르익어가는 어떤 현상에 취해 즐겁기만 하다.

순서 순서가 알찼다. 저희끼리 준비한 모든 것들이 지루하지 않고 좋았다. 요즘 들어 다른 결혼식을 보더라도 그랬던 것 같다. 어느 정도 식이 끝나갈 무렵이다. 예물교환에 이를 즈음 화동으로 등장하는 손녀들의 모습을 보며 입이 활짝 열리고 말았다. 고운 한복차림을 하고는 등 뒤에 긴 꼬리표를 달고 나오는 게 아닌가. 내용인즉 제 고모의 결혼 축하 글귀이다. 음악에 맞춰 덩실덩실 춤을 추며 신랑 신부에게 다가가는 모습이 또 하나의 잊지 못할 즐거움으로 남았다.

그뿐이 아니다. 결혼식을 준비하는 과정에서도 아들 내외가 든든한 몫을 감당해 주었다. 몇 년 사이에 우리는 어쩔 수 없이 낙엽처럼 변하고 있건만 넓어져 가고 있는 아들의 가정을 보며 또 다른 행복을 맛보게 되었다. 지금만 해도 그렇다. 식장을 두루 지키는 아들과 며느리를 보며, 얼마나 흐뭇한지 말로 다 표현을 못 한다.

스스로가 잘살아왔다고 자부를 한다. 내가 결혼하고 살아온 많은 날이 주마등처럼 스쳐 가기에 그 기분 더하다. 오늘의 마당이 그것을 증명해 주고 있다. 내 생의 지경이 넓어진 것을 실감하고도 남는다. 물질의 풍요를 떠나 고비마다 넘어온 인생길에서 안도감을 취하는 색다른 휴식이라 표현하고 싶다.

오늘은 정말 좋은 날이다. 내 인생이 다시 꽃피는 날이다. 비록 고목 되고 낙엽을 매단다 해도 그것이 서글픈 일은 아니었다.

다시 생의 길이를 측량해 보는 중요한 시간이었으며 스스로를 위한 일 중에 한 과정인 것이다. 지금까지는 그저 앞만 보며 달려왔어도 돌아볼 수 있는 여유가 필요한 것까지 터득하게 되었다.

피부에 닿는 것은 이제 걸어갈 날들이다. 한 발짝 한 발짝 간다고 해도 후회와 부끄러움이 없기를 노력해야겠다고 다짐한다. 피할 수 없는 생로병사가 뒤따른다는 사실을 깨달아서다. 단순한 것 같지만 인생은 그렇게 흘러 마지막에 이르기에 돌아보면 순간순간이 모두가 소중한 것들이었다.

넓어진 내 삶의 지경을 바라본다. 희로애락이 그 안에 있었고 또 새로운 사건들이 기다릴지도 모른다는 생각을 거둘 수 없다. 돌아보건대 누구나 맞닿는 그 길 위를 걸어가는 모습들이다. 조금이라도 후회가 적게 살아가도록 따뜻한 마음만 이끌고 간다면 얼마나 좋을까 싶다. 늘 오늘이 좋은 날이기를 소원하면서.

사랑이라는 도형

사랑이란 이름은 듣기만 해도 기분이 좋다. 한없이 가슴을 가볍게 하는 무게를 지녔기 때문이다. 사람과의 관계에서부터 아끼는 물건에 이르기까지 다양하고 밀접한 작용을 해 주기도 한다. 제아무리 둔한 듯해도 나름대로 사랑에 빠진다면 화색부터 밝아지며 세상을 보는 눈마저 너그러워지기 마련이다.

모처럼 TV 앞에서 넋을 놓고야 말았다. 드라마의 맥락이 그렇듯이 수월치 못한 줄거리에서부터 충만한 행복으로 막을 내리는 장면까지 시청한 다음에야 자리를 비켜 앉게 되었다. 그중 내 맘을 흔든 내용 하나를 들겠다.

어느 여인이 지루하다고 여기는 자신의 삶에서 신기루를 찾아나서듯 도피하려는 움직임을 보면서다. 오랜만에 만난 고향의 오빠라는 이로부터 첫사랑이었다는 한마디 말에 그만 마음을 빼앗기는 상황이 벌어진다.

진심인 줄 착각하고는 남편의 눈을 피해 그에게로 향하지만 곧바로 후회하고야 만다. 남자는 시시때때로 대상에 따라 첫사랑이 되었던 것이다. 방금 새로 만난 여인에게 줄 선물을 고르기 위해 그녀의 안목이 필요했음을 알고는 비로소 환상에서 깨어난다. 정말 엉뚱한 일을 당하고 만 셈이다. 돌아오는 길에서 자성의 독백을 이어가는 모습은 마치 한 떨기 꽃이 흔들렸다가 자리를 잡는 모양새였다. 한때는 즐거웠고 행복했었다며 눈물을 보이는 과정에서 마치 내가 그 일을 당한 것처럼 민망함도 들었다. 그러나 그 상황에서 헤어 나오는 그녀에게 찬사를 보내기로 했다.

반전은 거기서부터다. 그녀와 남편의 사이가 더 단단해져 가는 과정이다. 뒤틀린 사랑의 줄을 부여잡을 뻔했던 순간이었지만 화해와 용서의 무대가 새롭게 펼쳐져 간다. 만약 남편으로부터 이해를 끌어내지 못했더라면 얼마나 불편한 상황이 벌어질지 상상만 해도 아찔하다. 원점으로 돌아온 그들만의 사랑은 새롭게 익어가는 열매와도 같았다. 부부의 인연이란 바로 그런 거였다.

고백하건대 내 가슴속에도 작은 노트 하나가 숨을 쉬고 있다. 설핏하게 기록된 사연들이 가끔씩 고개를 내밀기도 한다. 돌아보니 등 뒤에 업힌 보이지 않는 한편의 무게가 떠나지 않는 모습이었다. 인생은 연습이 없다는 말처럼 과거와 현재를 빗대며 혼돈을 잠재우는 일에 무척이나 애썼던 날들이었다고나 할까. 결혼 초부터 남편과 너무도 달랐던 가치관을 좁히느라 가끔은 배우처럼 지내야 했으니 말이다.

친구들보다 훨씬 이른 나이에 결혼했다. 그것도 가장 의지해 왔던 큰언니의 주선으로 이루어진 중매결혼이었다. 남자에 대한 탐색의 겨를도 갖추지 않은 채 들어선 길이었으니 돌아볼수록 미련이 많다. 시작은 당연히 녹록하지 않았다. 거기에다가 의식주를 위해 생업의 전선으로 발을 내디뎌야 했던 시절은 지금도 나를 애처롭게 만들어 놓는다. 발등에 걸리는 장애물조차 앳된 아낙에게는 서러움의 연속이었기에.

꾸역꾸역 세월에 밀려서 여기까지 왔다. 결혼에 대한 환상적인 사랑은 이미 사치가 되어버린 지 오래 이다. 책임져야 할 몫, 아내로서 엄마로서의 본분을 지켜야 하는, 그야말로 옆도 뒤도 쳐다볼 겨를이 없는 날들이 오늘까지 이어져가고 있다. 어쩌랴. 그나마 때로 혼자만의 세계에서는 나름 대로의 자유를 슬그머니 찾아 나서기도 한다. 무지개 꼬리라도 좇는 심정이 그런 것일까. 마음은 하늘을 날고 드라마 속의 인물처럼 대리만족으로 살아간다 해도 부끄럽지 않기에 그렇다.

조금만 방심해도 빗나갈 수 있는 것이 인생이었다. 삶의 궤적을 훑노라면 꼭짓점마다 고여 있는 허기진 그림자가 나를 바라보고 있는 느낌이 들기도 한다. 지나간 일일지언정 마음 놓고 아우르지 못했던 청춘의 상실감 때문일까, 아니면 수레를 끌 듯 내가 앞에 서서 가장 아닌 가장 노릇을 해야 하는 긴장감 때문일까. 누구를 탓할 일도 아니건만 스스로 들어선 길을 지금껏 또박또박 잘도 찾아왔으면서 그런 생각에 휩쓸리게 되니 내내 다스려 가야 할 과제 중 하나이다.

　어떤 도형이든 각이 있다면 모서리를 지나서 꼭짓점에 이른다. 세상을 아름답게 보면 아름답고 어둡게 보면 한없이 어둡다는 것을 알아가는 시간이다. 문득 내가 원하는 사랑의 도형은 어떤 것이었을까 하고 들여다본다. 모서리가 있다 해도 뾰족하지 않은 실체, 몸과 마음을 다치지 않도록 하는 완만함의 형태, 내 삶을 주관하는 사랑이란 그런 모습이길 추상적으로나마 그리며 살아왔는지 모른다.

　네모, 세모, 원형, 또는 다각형의 도형들을 떠올린다. 사랑의 모양은 이렇게 제각각 특징이 있고 부피와 크기, 용도마저 다르다는 것을 알 수 있다. 가만히 들여다보니 내 삶을 이어가는 여러 가지 상황의 단면과도 흡사하다. 부부의 인연으로 살아갈지언정 전부를 남편과 관련되는 사랑을 전제해야 한다고는 생각하지 않는다. 가족과 이웃들, 그리고 자신에게 의무와 책임을 다할 때 보이지 않을지라도 무지갯빛 모양으로 생성되는 사랑이 삶의 구석구석 마다 따뜻한 작용을 해 주리라 믿고 싶다.

이제는 오래 자라서 견고해진 나무와도 같이 흔들리지 않으련다. 그 자리에서 산소를 나누며 서로에게 그늘을 드리우고 쉼터가 되었으면 하는 마음이다. 주변의 모든 이들에게까지 그랬으면 더없이 좋겠다. 내려앉는 석양을 바라보며 남은 시간에게 고한다. 심신이 작아지고 낡아져 간다 해도 나름대로 꽃피우며 두려움 없는 길을 걷겠다고.

줄어드는 둥지

"지금은 우리 둘이 이 문을 열고 들어와도 언젠가는 혼자서 들어서게 될 거야."

현관문을 열고 들어서는데 뒤따르는 남편의 한마디, 세게 한 방 얻어맞는 기분이 되고 말았다. 솜방망이처럼 가볍게 날아온 말이었지만 지나칠 일은 아니고 사뭇 의미심장했다.

"당신이 먼저 떠나면 난 무서워서 혼자 이 집에 못 산다."

대뜸 내가 받아쳤다. 당연한지도 모르겠다. 그런데 앞일을 어찌 알겠는가. 내가 먼저 떠날 수도 있는 일, 장담할 수 없는 노릇이다. 아무렇지도 않게 태연한 듯 보내는 시간 속에서 그래도 머릿속에는 생각의 너울이 파도를 타기 시작했다.

둥지가 점점 줄어드는 것을 어찌 막으랴. 이렇게 형체를 가진 집부터 허전해지고 있을뿐더러 결국은 영혼과 육체마저 삭막해지고 바스러질 상황에 이를 것이 너무도 뻔해서 그렇다. 외로움과 두려움의 극치마저 지금 주변에서 흔히 일어나고 있는 것을 보게 되지 않던가. 피하고 싶은 길이어도 우리는 어쩔 수 없이 그렇게들 가고 있다.

노령화가 급속하게 이르러 있는 현실이다. 어디를 둘러보아도 요양원이라는 현판마저 눈에 가깝다. 쓸쓸한 기운의 정경들이다. 그 안에 있는 생명은 차츰 세상과 멀어져 간다는 사실을 어떻게 받아들이며 지내고 있을까. 미래의 내 모습을 보는 것만 같아 염려가 쌓여간다. 자의든 타의든 어쩔 수 없이 그곳에서 살며 무슨 생각을 하는지 어디를 응시하고 있는지, 오히려 내가 먼 하늘을 향하는 일이 잦아지기 시작했다.

줄어드는 삶의 부피를 인식한다. 마음을 가다듬으며 다시 바라보기로 했다. 항상 허락된 반경을 지키며 힘닿는 데까지 다듬는 일에 몰두한다면 염려의 언덕도 완만해져 가리라 믿고 싶다. 끝까지 아등바등 살고 싶다는 욕망이 아니다. 초연하게 갈 길을 가노라면 생의 끝부분에 이른다 해도 평화를 얻지 않을까 해서다.

한편 늘어나는 삶의 폭도 있다. 쉽게 든다면 손주들의 재롱을 보면서 느끼는 것들이다. 사람들은 흔히 그것을 두고 삶의 비타민이라는 우스갯소리를 한다. 맞는 말인 것 같다. 무엇이든 자꾸만 주고 싶고 품에 안아보고 싶은 여유로움이 더해가니 그 또한 즐거움의 마당이 아니고 무엇이겠는가. 단순하다 여겨도 순간 순간 그것이 지나온 삶에 대한 보상이라 여기고 싶다.

이제 나의 주변을 찬찬히 살핀다. 지녀온 삶의 부피가 조금씩 마모되고 형체마저 변형되어 간다는 사실을 인정할 때이다. 체념이 아니라 받아들여야만 한다고 가슴이 먼저 말을 한다. 이 모양 저 모양, 언제 이렇게 피부에 와 닿는지 예상치 못했던 지난날이다.

그래도 저 언덕 너머에는 또 다른 형태로 채워지는 것들이 있다는 것을 다행이라 여긴다. 바로 세상을 바라보는 마음의 눈높이다. 그 높이가 자라나는 느낌과 함께 삶을 어떤 방향으로 지켜가야 할지를 주인공인 나와 합의하는 일에 몰두한다.

느린 봄

온통 마스크 세상이다.

거리에는 정적마저 감돌기 시작했다. 사람들의 행렬은 눈에 띄게 줄었고 누굴 만나는 것조차 조심스러운 형편이 되어버렸다. 예전 같으면 봄소식에 덩달아 어깨가 들썩이고 남겠건만 코로나19의 확산이 모두를 움츠리게 만들어 놓았기 때문이다. 마치 흉흉한 영화의 줄거리인 양 두려운 시간으로 이어지고 있다.

꽃샘추위마저 기승을 부린다. 쉽사리 두꺼운 외투를 벗을 수가 없어서 아침저녁으로 챙기고 있다. 아직은 봄이 멀기만 한 기분이다. 봄의 환영歡迎 속에 취하고 싶었던 여러 계획도 저절로 뒷걸음질 치고야 말았다. 불청객인 코로나19가 우리를 위협하고 있으니 어쩌면 좋으랴. 시시각각 눈과 귀는 뉴스를 떠나지 못한다.

두꺼운 땅을 헤집고 파란 싹이 올라섰다. 세상의 복잡한 소식을 뒤로한 채 평온한 모습으로 얼굴을 내밀고 있다. 자연의 이치는 시간을 거스르지 않고 우리 앞에 나타난 것이다. 그것을 보며 환호하기보다는 애처로운 심정이 든다. 모든 것이 생성되고 환희로 가득해야 할 봄의 전령 앞에서 걱정만 늘어갈 뿐이다. 곳곳에 가라앉은 침묵들마저 한몫 더한다.

성큼 다가온 실제의 봄이 부럽다. 아직 사람들 틈에서 신음하고 있는 봄은 언제쯤 기지개를 켜고 안정을 되찾아 줄까. 모두 사는 일이 힘들다고 여기저기서 아우성이다. 그중에 마찬가지인 나도 작게나마 한목소리를 거든다. 일상의 봄이 빠르게 이르기를 말이다. 가만히 귀 기울이는 순간 활짝 열리기는 조금 더 기다려야 할 것 같다는 소리가 들리는 듯해서 조바심이 인다.

느린 봄을 원망하지 않고 묵묵히 견뎌 내리라. 가고 오는 시간 속에서 살아 있다는 사실을 확인하며 기뻐하리라. 약간의 여유에도 마음을 편하게 갖고 이 어려운 상황을 극복하는 데 적은 노력이라도 해야 하리라. 피부에 닿는 봄이 속도를 늦추지 않고 제자리로 찾아든다면 얼마나 좋을까마는, 그 길 가운데 사람들이 쌓아 놓은 여러 가지 염려들도 함께 스러졌으면 더욱 좋겠다.

미뤄둔 청소를 시작했다. 구석구석 쌓아 두었던 불필요한 짐들도 정리한다. 몇 시간 동안 치러낸 뒷자리가 말끔하다. 상큼한 기분이다. 창을 여니 청정한 바람이 가지 끝에 찾아와 있다. 가까운 자리에서 봄이 보이고 있었다. 땅에서뿐 아니라 마음 밭에서 언제나 꿈틀대고 있는 희망의 전령이었다. 정물처럼 온 사방에 모셔 놓고 봄이 지닌 의미에서 지혜를 구하고 싶은 시간이다. 반드시 희망을 생성해 내는 힘이 있으리라 믿으며 또 하루를 일어선다.

주춤대는 봄을 숨죽이며 바라본다. 그나마 되돌아갈까 두렵다. 느리게 올지라도 환한 낮빛이길 기대하며 하늘을 향한다. 언제나 자연과 인간의 경계가 물 흐르듯 조화로운 세상이 된다면 얼마나 좋을까. 그 안에서 삶의 에너지를 얻게 된다는 사실을 확인한다. 전과 달리 올해의 봄은 한참 더딘 걸음을 하며 다가오고 있다. 그래도 마음의 문을 활짝 열고 마중할 준비를 해야겠다. 기다린 만큼 찬란한 날들이 다시 우리 앞에 찾아오리라.

유행가

　가끔 콧노래를 흥얼거린다. 우울할 때나 즐거울 때, 무슨 의미라도 발견할 때면 나도 모르게 독백처럼 적절한 가사가 한 토막씩 쏟아져 나오기 일쑤이다. 한 소절 한 소절 심장에 닿아서 위로를 주기도 하며 기쁨을 준다. 상황에 따라 이해를 돕기까지 해서 좋다. 누구나 다 그럴 수 있으려니 하며 노래와 함께 젖어든다.

　어느 가수의 노랫말처럼 유행가 가사 속에는 우리가 사는 이야기들이 많다. 곁에서 보이듯 여러 갈피의 사연들이 다양하게 표현되고 있다. 또 어떤 노랫말은 과격하고 어떤 노랫말은 애절한 호소력으로 들려온다. 작곡과 작사가들의 능력을 마치 체험으로 들려주듯 신비롭기까지 하다. 그래서 노래는 삶을 그림처럼 그려내는 하나의 표현이 아닐까 싶다.

　흥에 겨운 노래는 한층 마음을 가볍게 하고 잔잔한 노래는 차분하게 한다. 나도 분위기에 따라 애창곡 두어 가지는 지니고 사는 편이다. 미디어가 초특급으로 발전한 시대라지만 최신 유행가는 감히 엄두도 못 낸다. 하지만 흘러간 노래, 유행하는 노래의 음절과 박자가 떠오르면 어떤 방법으로든 배울 수가 있기에 참 편리한 세상이라고 해도 과언이 아니다.

나는 시적인 노래를 좋아한다. 단순한 경우를 들어 각 소절마다 마음을 움직일 만큼 분위기에 젖어 들기 좋아서다. 특히 민감한 날씨의 모습을 떠올리는 노랫말에서는 더 마음이 움직인다. 살아가는 공간 속에서 변화무쌍한 날씨가 있듯이 누군가의 심리 상태를 그때그때 어쩌면 그리도 잘 표현해 주는지 기가 막힐 정도이다.

우리는 삶의 모양과 속성이 다르다. 그러나 노랫말에 얽힌 사연들만큼은 이해하는 데 어려움이 없을 만큼 비슷비슷한 것들이 많다. 한편 저마다의 부피에 따라 감당해 가는 무게가 다르고 방법이 다르다 해도, 노래를 통해 삶을 대변해 주니 그만큼 유행가의 정서는 우리와 가까울 수밖에 없다. 그로 인해 위로받고 삶에 활력이 된다면 정말 필요한 문화라 생각한다.

수없이 많은 유행가가 세상에 울려 퍼지고 있다. 우리도 유행가 가사 속에 흘러서 한곳으로 가는 것과 같은 모양새이다. 적절한 표현으로 심금을 두드리는 곡조의 언어이기에 화합하기에도 좋다. 삶의 애환이 쏟아지는 노랫말 하나하나에도 어두움보다는 밝음을 지향하는 정서가 스며있어서 더욱 대중적이지 싶다.

얼마 전 일이었다. 어느 가수가 애절하게 부르던 노래의 장면이 가슴에서 떠나질 않는다. 삶이 때론 노래가 되고 때론 서글픈 사랑이 된다던 가사 때문이다. 듣고 보이는 음색에서 마음을 빼앗기고 말았다. 호소력 있는 구절들이 돌아볼수록 내 마음을 표현하는 것만 같아서 실감이 났다. 나도 그랬다. 삶을 노래라 여기면 등 뒤의 짐이 가볍다는 느낌을 알았고, 서글픈 노래라고 푸념하면 점점 무거워진다는 걸 알았던 순간이 있었다.

노래는 마음의 여유가 있어야 부를 수 있다. 여흥을 위하여서만은 아니다. 한 곡조의 노래에도 그때그때 삶을 정화해 주는 효과가 있기에 그렇다. 아픔은 덜해지고 기쁨은 부풀어지도록 만드는 노래, 유행가를 좋아하는 합당한 이유가 생겨났다고나 할까.

이제 노래는 내게 또 하나의 독서와도 같은 선물로 자리를 잡았다. 표시 없는 즐거움이 묻어난다. 듣고 싶고 배우고 싶은 노래에 빠져 유튜브를 검색 중이다.

chapter - 3

손톱 끝의 우물

봉숭아 물든 손톱이 작은 위로를 해
주는 듯하다. 노을처럼 사라져가는
내 손톱 끝의 우물을 바라보며 많은
이야기를 가두어 둔다. 다시 자라난
하얀 손톱이 새로운 화두를 꺼내도
록 하고 있다. 지나간 것도 중요하
지만 다가올 많은 시간의 바탕에서
어떤 삶을 그려내야 할지 생각하는
시간이다.
노을처럼 가슴에 물든 붉은 색, 아
쉽지만 보내야 하는 시간과 추억들,
한참을 서성이며 고향의 우물가를
바라보아야 했다. 지독히 무덥던 여
름이 숨어들고 있다.

-본문 중에서

항아리

항아리는 여자의 모습이다. 가족의 삶을 따뜻하게 보듬고 담아내는 귀한 그릇과도 같다. 좁은 집의 앞마당에서 또는 너른 집의 부엌 뒤뜰에서 얌전스레 자리 잡고는 편안하게 바라볼 수 있도록 한다. 작은 고추장독부터 커다란 된장독에 이르기까지 절묘한 조화로움이 오랜 시간 동안 집안의 기운을 다독여 온 듯하다. 그야말로 어머니의 숨결 같다.

시대가 변하고 주거문화가 바뀌면서 항아리가 귀해졌다. 조상으로부터 물려받은 훌륭한 유산이지만 이제는 전통음식인 장 담그기와 김장하는 일이 줄어들기까지 했다. 주문만 하면 어디서든 쉽게 구할 수 있기 때문이다. 그리고 가정에서는 김치냉장고라는 요술 용기 탓에 더는 무겁고 투박한 항아리가 필요치 않게 되었다.

해마다 메주를 사서 장을 담는다. 그래서 내게는 항아리가 요긴하다. 종일 햇볕을 쬘 수 있는 남쪽을 향해 두면 사계절 동안 제대로 곰삭아 그 안에서 발효하면서 맛있게 익어간다. 적당한 간 맞추기는 부패도 방지한다. 숨 쉬는 질그릇이 이처럼 유익하게 사용되고 있는 것은 자랑할 만한 우리의 문화유산이다.

각양각색의 항아리들이 있다. 추운 지방에서는 일조량을 많이 받기 위해 입구가 넓은 편이고 더운 지방에서는 수분 증발을 막기 위해 입구가 좁다랗다. 흙을 이용해서 이처럼 과학적인 방법으로 우리 조상들은 항아리를 빚어내었다. 또 어떤 내용물을 담는가에 따라 그 모양까지도 다르다. 마치 사람의 성격과 생김새 같다. 배가 불룩하고 커다란 항아리는 당연히 그 집안의 안주인처럼 장독대에서 매우 중요한 자리를 차지하고 있다고나 할까. 여자의 삶과 인내를 당당히 지니고 있는 듯하다. 흙으로 빚어낸 질그릇에서 생명의 기운을 풍기고 있다.

한 시대의 먹거리를 담아내던 항아리가 차츰 사라져 간다. 편리함을 좇는 시대에 이르렀다는 증거이다. 어떤 이들은 아파트로 이사 가면서 버리고 떠난다. 핵가족화되면서 투박하고 커다란 항아리가 거추장스럽게 여겨지기 때문이다. 새로운 인스턴트 문화가 뿌리를 내려가고 있는 현실 속에서 푸근한 어머니의 그림자가 멀어지는 것 같아 안타깝다. 요즘에는 민속품 수집가

들이 구해다가 새로운 문화를 팔듯 국도변에 즐비하게 전시하고 있다. 가끔씩 지날 때면 신기한 풍경으로 다가온다.

숨 쉬는 그릇과 사람의 생을 들여다본다. 지금의 나도 항아리일까, 삶이 힘들 때 몸과 마음을 뜨겁게 인내하며 견뎌 왔던가, 그윽한 맛을 만들어 내는 항아리처럼 언제나 제 역할을 적재적소에서 감당하며 살아왔는지 부끄러운 생각이 밀려들고 있다. 플라스틱 용기처럼 반짝거리며 윤기만 흘렀을 뿐 여전히 가벼운 그릇에 지나지 않았음을 고백한다. 참아야 할 것에 인색했고 발효되는 과정처럼 삶의 깊이가 많이 부족 했다. 바쁘게 살아가는 오늘날 돌아보아야 할 나의 그림자가 고개를 숙이고 항아리 옆에 서 있는 것만 같다.

혈기 왕성한 마음을 다듬어 항아리에 담는다. 빼곡한 하늘을 보며 깊고 답답한 순간도 견뎌가리라 다짐하면서다. 나에게 남아 있는 인생의 과정이 더 삭아져야만 해서가 아닐까 싶다. 사람에게서 풍겨 나는, 그 옛날 어머니들처럼 익어간 진정한 삶의 모습을 맛으로 따라가기 위해서다. 뚜껑을 매만지며 깨끗이 닦다 보니 장독대에 내려앉은 햇살이 오늘따라 유난히 따사롭다.

교감하는 항아리의 숨결이 손끝에 닿는다.

손톱 끝의 우물

손톱 끝을 들여다본다. 맑고 작은 우물이라도 발견한 것처럼 설레기 시작한다. 의식을 치르듯 봉숭아 물이 흠뻑 젖어 들기를 기다리던 시간이었다고나 할까, 가슴 깊게 고여 있던 그리움을 색으로 표현하는 심정이기도 하다. 추억을 건져 올리듯 붉은빛에 취해 들어가고야 말았다. 되돌아갈 수는 없지만 영원할 것 같은 영혼의 샘물을 보는 기분이다.

우물 속에서 일렁이는 작은 달빛 하나가 나를 부른다. 그런데 시간이 지날수록 그 우물은 조금씩 사라져 가기 시작했다. 손톱이 자라나면서 잘라내야 했기 때문이다. 아쉽다. 애잔하다. 마음을 달뜨게 했던 꽃물 든 손톱, 들여다볼 때마다 참 행복했는데.

손톱 끝에 고여 있는 우물을 가슴에 들인 후 꼭 한 모금이라도 마시고 싶어 안달이 날 정도였다. 나도 모르게 회귀의 본능에 목이 말랐었나 보다. 마음 끝자락에 대롱대롱 매달려서 아득한 옛 풍경을 불러왔다. 붉은빛은 추억이고 원초적 그리움이 되었다. 이순耳順을 보냈지만 난 여전히 봉숭아의 꽃잎처럼 여린 마음에서 벗어나지 못하고 헤매는 중이다.

희미해진 기억을 붙잡는다. 우물 깊이가 발목까지밖에 남지 않은 듯 안타까운 심정을 어쩌랴. 절박한 그리움을 어찌지 못한 채 기어이 고향으로 달려간다. 앙금처럼 고여있던 그리움을 두 손으로 다독이며 그런 나 자신을 위로해 주고 싶었을까. 우물이라는 정서를 대입하면서 마음의 고향을 손톱 끝에서라도 찾아 헤매는 오늘, 새로운 하늘이 머리 위로 펼쳐지고 있다.

이미 고향의 옛 모습은 한참이나 사라진 뒤였다. 그저 흔적만 있을 뿐이다. 지나온 여정을 위로받는 심정으로 멈추어야 했다. 푸른 하늘, 깨끗한 구름은 흘러간 시간을 다시 몰아와 머리 위를 떠나지 않고 있다. 보이는 듯, 들리는 듯, 멀어졌던 이야기들이 눈가로 다가온다. 옹기종기 사랑하는 친구들, 해가 저물도록 시간 가는 줄도 모르고 맴돌던 동구 밖 놀이터, 모든 것들이 아직도 나를 기다리고 있었다.

유년 시절 우리 마을 사람들은 공동우물을 사용했다. 두레박이 오르내리면서 튀는 물방울처럼 이웃끼리 온기를 가깝게 나누며 살았다. 이제 눈부신 물질문명의 발달로 세상은 바뀌었고 우물이 필요 없는 시대가 되었다. 각자의 집에서 꼭지만 틀면 얼마든 물을 공급받을 수 있게 된 처지가 아니던가. 우물가에서 벌어지던 정겹던 풍경들이 마치도 어제 일만 같아서 우물이 있던 자리에 한참을 서 있고야 말았다.

정적만이 흐르고 마을 우물도 사라졌다. 젊은이들과 아이들이 사라진 농촌, 잠시 눈을 감는다. 그리운 만큼 멀어져가는 것들, 모두 떠나간 자리들이 내내 가슴을 헤집고 있다.

그저 먼 산을 바라보는데 문득 눈물 꽃 한 송이가 피어났다. 붉은색이다. 자꾸만 소멸되고 다시 찾아오는 시간의 바탕 위에서 발길을 돌리며 손톱을 깨문다.

봉숭아 물든 손톱이 작은 위로를 해 주는 듯하다. 노을처럼 사라져가는 내 손톱 끝의 우물을 바라보며 많은 이야기를 가두어 둔다. 다시 자라난 하얀 손톱이 새로운 화두를 꺼내도록 하고 있다. 지나간 것도 중요하지만 다가올 많은 시간의 바탕에서 어떤 삶을 그려내야 할지 생각하는 시간이다.

노을처럼 가슴에 물든 붉은 색, 아쉽지만 보내야 하는 시간과 추억들, 한참을 서성이며 고향의 우물가를 바라보아야 했다. 지독히 무덥던 여름이 숨어들고 있다.

끝물 고추

가깝게 지내는 이웃으로부터 끝물 고추를 따 가라는 연락이
왔다. 밭고랑에 들어서서 고추를 따기 시작했다. 모조리 훑어가
라는 주인의 말에 수월하게 작업을 할 수 있었다. 두어 고랑을
땄더니 그득했다. 마지막까지 버릴 것 없이 모두를 내어주는 고
추의 쓰임새가 귀하기만 했다. 사람의 일생도 그 모습과 같았으
면 좋겠다는 생각을 해본다.

이제 고추를 선별해야 한다. 우선 장아찌용부터 고르기 시작
한다. 그다음은 찌개에 넣어 먹는 양념용, 아주 어린 것은 찜용
으로 구분한다. 붉다 만 것은 햇볕에 말려둔다. 애초에 잎사귀까
지 훑어 왔으니 그 작업도 만만치 않다. 고춧잎은 삶아 말렸다가
겨울에 무말랭이무침에 넣으면 맛이 그만이다.

한참 동안 매달려야 했다. 뭣 하나 거저 되는 법이 없다는 것
을 느끼며 보람도 얻는다. 경제적 가치도 있거니와 손수 밑반찬

을 만들어 먹는 재미까지 쏠쏠하게 즐긴다.

오랜 시간 고추 다듬는 작업을 마쳤다. 밭고랑에 그냥 두면 서리를 맞아 아궁이로 들어갈 것들이 훌륭한 먹을거리로 변신을 시킨 사람의 손은 참 위대하다. 세상에 존재하는 건 다 존재할 이유와 가치가 있을 것이라는 생각으로 이어진다.

문득 돌아가신 친정아버지가 떠오른다. 한평생을 농부로 사셨다. 넉넉하지 않은 살림에 자식들 공부시키느라고 얼마나 고단한 인생이었을까 하는 마음을 이제야 돌아본다. 오로지 평생토록 자식만을 위해 손발이 닳아지도록 알뜰하게 일만 해 오셨다. 돈이 될 만한 것이 있으면 아낌없이 자식을 위해 주어야 했던 생활이었다.

생전에 일구시던 땅뙈기도 고스란히 자식을 위해 남기고 떠나셨다. 심지어 당신의 장례 절차며 비용 일부까지 준비하고 가신 분이다. 살아계실 때는 그런 부분이 이해가 되질 않았다. 막상 떠나신 후에야 어떤 마음으로 생을 정리하셨는지 헤아리게 되었다. 아쉽고 그립고 못다 한 사랑이 저만큼에서 흔들리며 나를 바라보고 있다.

이런 깨달음을 가을 속에서 알게 된 셈이다. 철없던 시절에는 부모님에 대한 원망을 많이 쏟아내고는 했었다. 그때는 시골에서 너 나 할 것 없이 모두 어려운 살림살이였으며 지금의 생활상과는 많은 격차가 있었다. 그러기에 우리가 살고 있는 현재가 우연한 일은 아니라고 생각한다. 근면하고 성실한 부모님들의 역할이 있었기에 가능하지 않았을까.

과연 일생 동안 나는 무엇을 남기고 갈까 의문스럽다. 내가 떠나고 없는 자리에서 남은 가족과 이웃이 부끄럽지 않게 나를 좋은 기억으로 돌아볼지 두려움이 앞선다. 결국 마지막이란 것은 화해가 펼쳐지는 하나의 마당이 아닐까 싶다. 응어리는 풀어지고 낱알이 모아지 듯 마음도 하나 되고, 유익하지 못했던 삶 속의 냉전들도 따뜻하게 변화되어 생의 끝자락이 아름답기를 간절히 바랄 뿐이다.

우리가 살아가는 날들도 가을 추수와 다를 바 없다. 들녘에서 사라져갈 하찮은 가을 고추이지만 모양대로 그 쓰임새의 가치를 남긴 것처럼 나의 일생도 그런 모습이었으면 좋겠다. 남아 있는 인생의 길 위에서 어떻게 자신을 이끌며 가야 할지 다시 한번 마음을 가다듬는다. 그냥 두면 못쓰게 될 끝물 고추도 사람의 손을 빌려 훌륭하게 탈바꿈하는데, 하물며 사람의 마지막 모습도 남은 자에게는 본보기가 되는 삶을 남겨야 하지 않겠는가. 무엇 하나 버릴 것 없이 알뜰히 주고 가는 끝물 고추에서 오늘 인생의 새 과제를 얻은 기분이다.

까치밥

내가 운영하는 식당 건물은 골목 끝자락에 있다. 도시의 집이란 대개 터가 좁다. 우리 식당도 대문과 현관과의 거리가 50미터도 채 되지 않는다. 뜰도 고작 열 평쯤 되는 곳에다 화단을 만들어 놓고 봄부터 가을까지 꽃을 볼 수 있도록 시기에 맞는 종류를 선택했다. 그리곤 서쪽 담 밑으로 감나무 한 그루를 심어 둔 게 10년이 넘었다.

이 작은 꽃밭과 감나무 한 그루가 종종 텃새들을 불러들인다. 참새도 오고 직박구리도 날아든다. 더러는 깃이 고운 박새도 날아와 감나무 가지에서 입질하거나 꽃밭으로 내려와 종종걸음을 치며 벌레를 잡아먹는 모습을 볼 양이면 여간 기분이 좋은 게 아니다.

지금은 겨울 초입이다. 입동이 지나고 서리가 두어 번 내리자,

꽃밭의 꽃들은 폴싹 주저앉았고, 곱게 단풍 들었던 감나무 잎도 시나브로 떨어지기 시작했다. 어제 아침에 출근하여 감나무를 바라다보니 밤새 감잎은 죄다 떨어지고 홍시 두 알이 말갛게 익어 눈길을 사로잡았다.

허공을 향해 크고 작고 굵고 가는 나뭇가지와 홍시 두 개를 단 감나무가 빚어내는 구도는 한 폭의 그림으로 다가왔다. 하늘은 시리도록 푸르렀으니, 이보다 더한 배경이 어디 있겠는가. 하지만 이런 감상은 잠깐이었고 투명하게 잘 익은 홍시는 어느새 입 안에 군침을 돌게 했다. 먹고 싶다는 본능이 슬쩍 머리를 들었던 것이다. 하지만 홍시가 내 손에 들어올 확률은 제로다. 우선 손이 닿지 않을뿐더러 도구를 사용한다면 감이 자칫 땅으로 떨어지는 순간 터지고 말 테다. '그래 이럴 땐 새들에게 선심을 쓰는 거야.' 혼자 중얼거리며 홍시를 까치밥으로 남겨 두기로 하고 안으로 들어왔다.

새들에게 겨울은 먹이로 시련을 겪는다. 먹이가 궁한 새들에게 감나무에 달린 두 개의 홍시는 최고의 먹잇감이다. 나는 새들이 감을 어떤 모습으로 파먹는지 그 모양새를 관찰할 기회가 생겼다고 은근히 좋아하며 기대를 걸고 있었다. 그런데 하룻밤 사이에 홍시 두 개는 새들에게 파 먹힌 흠집이 핏물처럼 낭자했다. 감을 훔쳐 먹은 놈은 참새인지 까치인지조차 알 수 없었다. 그리도 곱던 모양새가 처참한 몰골로 졸아들고 있었다. 사나흘 후엔 빈 꼭지만 대롱대롱 매달려 있을 터이다. 홍시 두 개가 새에게는 다시없는 성찬이었음을 생각하니 홍시 두 개를 바라다보며 군침을 삼키던 자신을 돌아다보게 된다.

이제 새들은 골목 안에 있는 우리 식당 뜰을 더는 방문하지 않을지도 모른다. 개미들도 땅속 집으로 숨었고, 화초 잎을 갈아먹는 벌레들도 한해살이를 마치고 사라졌으니, 먹이사슬이 끊긴 셈이다.

왠지 섭섭하다. 필경 겨울 동안에 새들은 기찻길 너머 갈대밭에서 살게 될 것이다. 갈대와 풀씨들이 새들의 겨울 양식이 될 수 있다는 걸 이곳으로 이사와 알게 되었다. 이처럼 살아있는 생명은 저들 나름대로 살아가는 요령을 스스로 터득하면서 생존을 이어간다는 사실이 감동적이다.

문득 나를 돌아다본다. 결혼하고 보니 남편은 잎 진 겨울나무 같았다. 아니 먹이 없는 빈 가지에 앉은 겨울 새 같았다. 오로지 가진 것은 몸뚱이 하나뿐이었다. 살아갈 길이 막막했다. 겁도 없이 시작한 것이 식당업이었다. 우리 내외 목숨과 미래가 걸린 일이라 식당 일을 하늘이 내린 소명으로 삼았다. 땅에서 돋움발 딛기 하듯, 식당이란 업종에 우리 내외의 몸을 묶어 놓고 30년을 하루 같이 살아왔다.

하늘은 우리 내외가 섬겨온 소명에 응답해 줬다. 아이들 교육은 물론 식당에서 들어오는 수입으로 집과 식당 건물도 장만할 수 있었다. 처음엔 먹고 사는 방편으로 시작한 일이지만 점차 찾아오는 손님들이 음식을 맛있게 먹어주는 것이 나를 행복하게 만들었다. 홍시가 새들의 성찬이 되었듯이 삼겹살을 구워내면 손님들은 성찬으로 먹고 즐거워했다. 그럴 적마다 비록 값을 받고 하는 일이지만 내 손으로 만들고 차려낸 음식이 서로를 위한 상생의 도모라 생각하니 정성과 공을 들이지 않을 수 없었다.

창문을 열고 마당을 내다본다. 감나무 가지가 쓸쓸하다. 이럴 때 눈이라도 내리면 좋겠다. 빈 가지에 눈이 쌓이고, 어디선가 까치 한 쌍이 날아와 앉거나 참새들이 몰려와 재잘거리면 쌀이나 좁쌀이라도 한 줌 내다 뿌려주고 싶어서이다.

희망의 몸부림

    고통스러운 몸짓이다. 차가운 날씨인데도 신경 쓰지 못하고 현관에 두었던 고무나무가 잎을 모두 떨구어 버린 다음 일어난 일이다. 그제야 놀란 마음으로 거실 한쪽에 자리를 잡아 주었다. 아직은 생명이 남아 있는 듯하여 보살피기로 했다. 볼 때마다 애처롭고 미안하다.

    며칠이 갔다. 가지 끝에서 무언가 보인다. 보송한 눈을 뜨는 듯 연둣빛이 매달리기 시작했다. 잠자리 날개처럼 잎을 감싼 겉옷까지 걸치고 있다. 신기했다. 다시 생명의 용트림을 보여주고 있었다. 그동안 실한 가지와 잎을 내밀어 보일 때는 당연히 그러려니 했었지만, 막상 끝을 보여주던 모습은 지나칠 사건이 아니었기 때문이다.

    눈여겨 관찰한다. 자세히 보니 첫 번째 잎 옆에 또 하나의 동지를 끌어 올리고 있다. 어디서 저런 힘이 나올까. 행여 다칠세라 눈맞춤 하는 일도 조심스럽다. 그렇게 하루 이틀이 지루하지 않을 만큼 지나가고 있었다. 제발 잘 살아내라며 아낌없는 응원을 보내주기 시작했다. 말 못 하는 식물과의 교감이라지만 흔히들 칭하기를 바로 반려 식물이라는 것이 이런 경우인가보다.

생명을 보았다. 살아내려는 의지를 발견하게 된 것이다. 뿐만 아니라 내 안과 밖의 세상까지 눈에 들어오기 시작했다. 매일 되풀이 되는 삶인 것 같아도 그 속에는 모두가 다르고 무수한 갈래와 갈등의 씨앗들도 뒤섞여 있다는 사실마저 떠올리게 되었다. 죽은 듯해도 살아 있는 생명, 살아도 죽은 것처럼 희미한 생명이 머릿속에 스쳐 간다.

산다는 것은 여전히 거룩한 표현들의 일색이다. 어디 식물에서만 그것을 발견하랴. 문득 우리가 사는 마당도 그런 모습이 아닐까 하는 생각이 든다. 자세히 들여다볼수록 모두가 귀중하지 않은 것이 없다. 아이는 아이대로 어른은 어른대로 각자의 자리에서 나름대로 최선을 다하는 것이 환희를 향해가는 그림처럼 보이고 있다.

무거운 시간을 헤치고 봄은 다시 찾아왔다. 밖으로 나오라며 손짓을 해대니 거부할 수가 없다. 걸음을 떼니 온통 마스크 세상이다. 그래도 좋았다. 집안에서 작은 식물의 몸부림을 볼 때와는 차원이 다른 의미를 발견하기에 눈길이 바쁘게 움직인다. 그날 따라 오일장 마당인 만큼 걷는 것만으로도 충분하다.

좁은 길에서 마주한 것들은 모두가 생명이었다. 느리게 움직이던 심장과 폐부에 새로운 화살이 닿는 느낌이다. 소소하지만 날마다 이렇게 스스로를 일으켜 세우는 습관에 길들여지고자 한다. 암울한 현실이 스밀지라도 극복하려는 의지만 있다면 승리의 길로 가는 지름길은 쉽게 다가오리라 믿고 싶다.

너나 할 것 없이 지금은 희망을 향해 몸부림치는 시간이다. 남녀노소가 구분이 없다. 나 역시 긴장된 가운데 마음을 단단히 여미며 하루하루 살아간다. 여전히 가지 끝에 매달린 연한 잎사귀가 말하고 있다. 가까이 귀 기울이며 눈 맞춤 하는 동안 의지의 언어가 가슴을 파고든다. 작은 사건이었지만 지금의 환경을 통해 우리를 더 단단하게 만들어 줄 거라며 응원하는 메시지로 들려왔다. 절망을 넘어서서 희망으로 가는 중인 만큼 모두 한마음이어야 한다고.

마음을 빼앗은 색色

　그동안 뚜렷이 좋아하는 색을 드러내지 못했다. 일곱 빛깔 무지개에서 마지막에 걸쳐 있는 보라를 이제야 당당히 좋다고 하니 나도 내 마음을 잘 모르겠다. 예전에는 그만큼 표현의 자유조차 여유를 갖지 못하고 지냈다고나 할까. 삶이 지나칠 만큼 각박해서만은 아니었지만 어딘지 둔했던 자아, 그리고 나만의 색깔을 미처 품어볼 생각조차 못 한 채 이어졌던 하루하루가 아니었나 싶다.

　어느덧 희끗희끗한 머리가 셀 수 없을 정도에 이르렀다. 그것이 지나온 날의 선물과도 같은 것이라면 이제는 심신의 변화에 따라 조금씩 넉넉하고 유순해지는 시기라 생각한다. 시간에 순응해 가며 육체와 마음을 정제해야 하는 입장이기도 하다. 한걸음 더 나아가 길가의 작은 풀꽃 하나에도 허리를 숙여 정성스레 탐닉하는 버릇이 생겨난 것마저 다행한 여유라 하겠다.

그중에서도 신이 만들어 낸 색감에 취하는 사건이 첫 번째이다. 잊히지 않는 것이 있다면 키 낮은 제비꽃부터 한몫을 감당했다고 본다. 앙증맞은 보랏빛으로 세상을 밝히는 모습이란 평화가 먼 곳에 있지 않고 아주 가깝게 있다는 것을 확인시키는 계기였다.

좋아했던 색이 전혀 없지는 않았다. 그때그때 마음에 닿는 색이면 만족하며 지내왔던 것 같다. 곰곰이 돌아보니 가고 오고 쌓이는 세월이란 더께가 지금의 나를 더 과감하게 만들어 놓은 셈이다. 나이 들어가면서 좋으면 좋다 하고 싫으면 싫다 하는 표현을 거북하지 않게 알리는 삶의 방식에 젖어 들었다. 적잖게 긴장하며 지나온 날들 가운데 차츰 늘어난 베짱이라 해도 괜찮다.

보라색이 그냥 좋다. 담긴 의미도 몰랐고 궁금해하지도 않았던 색이었지만 이제는 지나칠 수 없을 만큼 선호하기 시작했다. 미지의 색감으로 다가온 것이다. 차분하게 압도해 오는 중압감도 있었으며 고혹의 빛이 되어 가슴을 파고들었다. 알 수 없는 그리움이 묻어 있었고 쌓인 설움이 몰려오는 듯한 착각에 빠져들 정도로 마음을 사로잡았다. 그리고 아득한 위로가 스며오는 것 같기도 했다.

그 후 보라는 부정과 긍정의 의미를 표현하는 색이라 들었다. 누구나 그렇듯이 나는 항상 긍정의 바탕을 지니며 살아가려 노력해 왔다. 무거운 감정이 스밀 때면 그 힘을 발휘해 가벼워질 수 있었다. 그래서 보라를 더 좋아하는지 모른다. 긍정의 표현 속에는 신비함, 고귀함, 화려함 등이 담겨있다고 하니 듣기만 해도 가까이하고 싶어졌다.

긍정과 다른 부정의 표현은 고독과 우울, 상처와 갈등이라고 한다. 그리고 보니 맞는 것 같다. 거기서 벗어나지 못했던 지나온 삶의 파편으로 인해 무의식중에서도 우물 속을 헤매듯 침울한 시간을 꺼내어 곱씹으며 살아왔는지 모른다. 하지만 이제는 중요하지 않다. 길을 가다가도 보라색 꽃을 보면 나도 모르게 입이 벌어지고야 마니 그렇다. 마음을 뺏은 신비의 색, 거기서 얻는 위안과 기쁨이 삶을 한층 즐겁게 한다면 보라 예찬에서 멈추지 않으려 한다. 가을빛이 높던 날, 무르익은 보랏빛 국화 화분 여러 개를 사서 아예 집 화단에 옮겨 심었다. 부정보다는 긍정의 심기를 꽃피우며 죽는 날까지 살기 위해서다.

손거울

친구가 며느리를 맞는 날이다. 예식에 참석하기 위해 혼자만의 여행이라 생각하고 여유도 즐길 겸 버스 이용을 택했다. 터미널에 도착하고 보니 약간의 시간이 남았다. 주변을 둘러 자판기에서 커피 한 잔을 빼 들고는 대합실 의자에 앉았다. 모처럼 낯선 곳에서의 호젓함에 커피까지도 맛이 있다.

버스 대합실에 봄이 물결을 치고 있었다. 학기 초를 맞아서인지 온통 대학생인 듯한 젊은이들이 북적거리는 풍경이 넘실대는 봄기운에 빠져드는 기분이다. 언제 나도 저런 시절이 있었던가 하는 회상에 젖으며 부러움을 애써 감춘다.

버스를 기다리는 동안 흐트러진 옷매무새를 매만진다. 그리고 손거울을 찾는다. 혹여 화장기가 들뜨지는 않았는지 얼굴을 들여다보기 위해서다. 누구에게 잘 보이고 싶어서가 아니었다.

남이 보기에도 민망하지 않을 정도의 단정한 나를 가꾸기 위해서였다.

무심코 옆자리에 눈길이 꽂히고 말았다. 대학 새내기인 듯한 여학생 둘이서 화장하고 있는 광경이 볼만했다. 옆 사람들을 전혀 의식하지 않고서 아주 열심들이다. 이것저것 순서에 따라 골고루 화장하더니 심지어 머리 손질까지 완벽하게 마무리한다. 내 시선은 상큼함을 불러왔다. 마냥 예쁘게만 보였다. 만약 그 시절의 나는 저렇게 과감하지는 못했을 테니까.

이윽고 휴대폰을 꺼내 든다. 무얼 하려나 하고 돌아다보니 자기 모습을 휴대폰의 카메라에 담느라 또 한 번 자신 있게 포즈를 취하는 중이다. 모든 것을 끝내고는 유유히 탑승구로 걸어 나간다. 나는 그들의 뒷모습이 안 보일 때까지 눈길을 돌리지 않았다. 넘쳐나는 젊음의 향기가 부럽기만 했다.

솔직히 젊음 앞에서 내 존재를 확인했다고나 할까. 한참이나 딸 같은 낯선 이들에게서 과거와 현재의 나를 쫓아가는 미묘한 감정에 부딪히고야 말았다. 어느새 내 손에 들려있던 손거울은 의자 아래를 향하고 있었다. 그것이 위축된 자신감이었을까. 혹여 누가 볼 새라 엎드려서 거울 속의 내 얼굴을 들여다보는 모습이란 상상만으로도 어색하다는 기분이 들었다.

나는 왜 몰래 거울을 보아야 했을까. 방금 대합실 의자에서 당당하게 거울을 보던 여자애들처럼 왜 그러지 못했을까. 혼자 슬며시 웃는다. 과감하고 선명한 젊음 앞에서 나도 모르게 주춤거린 행동의 일면이었다. 그렇지만 조금씩 희미해져 가는 나의 젊음이 그들과 똑같은 장소에서 똑같은 행동을 했을 때, 남들의 눈에는 분명 대비될 만큼 차이를 느끼고 말았으리라 짐작한다. 편견일지라도 그곳은 공공장소가 아니었던가. 나이 든 여자가 상황에 따라 지키고 싶은 약간의 체면치레였으리라.

손거울에서 내 얼굴이 부분적으로 드러난다. 눈가에 잡힌 주름 사이로 번진 화장기가 보인다. 약간의 파우더로 손질해 준 다음 말끔해진 기분이 되어 자리를 털고 일어나 떠날 채비를 서두른다. 손거울의 임무는 끝이 났다. 그러나 더 큰마음의 거울이 내 삶 전체를 비추고 있다는 사실을 잊지 않으며 목적지로 향한다.

새들의 삶

주택가 골목에서 낮게 날고 있는 새를 본다. 그동안에도 제법 요란한 소리로 귀를 자극해 오던 직박구리이다. 한겨울, 이 추위에 저들은 어떻게 살아가는지 드는 의문이 꼬리를 문다. 무얼 먹으며 또 둥지는 어느 집 처마 끝에 있을까, 아니면 공원의 구석진 나뭇가지에 있을까 등등.

생각해 보니 늘 두 마리가 다니는 거였다. 부부임이 틀림이 없다. 언젠가 여름날에는 물어서 옮기던 새끼를 떨어뜨렸는지 안절부절 울어대기에 구해준 적도 있었다. 그 후로는 관심이 떠나지 않았다. 계속되는 추위에 저들에 대한 작은 염려를 버리지 못하고 있던 터, 놀라운 장면을 목격했다.

아침나절 대문을 열고 나오는데 두 마리가 유난히 머리 위로 활공을 한다. 전과는 다른 날갯짓이다. 왜 저러지? 처마 끝으로 가까이 작은 몸체를 닿는 듯 날곤 했다.

이유를 몰랐다. 그날은 전날 내린 눈이 녹아내릴 만큼 날씨가 푹했다. 찰나, 내 눈에 확 무언가 잡히는 게 있었다.

신기했다. 그들은 처마 끝으로 방울방울 떨어지는 물을 받아 마시려는 몸짓이었다. 햇볕에 녹아내리는 물, 한 방울씩 떨어지는 생명수를 마시느라 수많은 몸부림을 치는 거였다. 작은 물방울이 저 새의 목을 축여 주고 있구나, 처마에 걸린 잔설이 소중하기 그지없었다. 그뿐이 아니다. 어느 가을날 들녘에서 발견한 야생 열매며 씨앗들이 새들의 먹이가 된다는 사실까지 머릿속에 되살아왔다.

새들도 나름 열심히 살아가고 있었다. 나도 모르게 고개를 하늘로 향하고 말았다. 나 자신을 들여다보게 된 것이다. 미래를 준비하지 않는다면 하루의 삶으로도 만족할 수 있다. 하지만 어디 그렇게만 살 수가 없는 현실이지 않은가. 내일이 있기에 오늘을 아껴야 하고 그 안의 것들을 저장하면서 또 내일로 걸어가는 내가 아니던가. 누가 가르쳐주지 않았지만, 많은 영화를 위함도 아니요, 삶의 반경을 지켜가기 위해 부끄럽지 않은 최소한의 법칙이란 것을 말할 뿐이다.

새들은 머리 둘 곳, 먹을 것에 대해서도 걱정을 않는다. 그것을 보며 사람과 다르다는 신성한 생각을 그치지 않기로 했다.

어언 걸어온 생의 시계가 오후를 가리키고 있기 때문이다. 저 새들과 지금의 나를 비교하니 가진 것이 참 많음을 깨닫는다. 따뜻한 집, 의복과 풍족한 먹을 것들, 그래도 여전히 무엇을 먹을까 입을까 염려 중인 걸 어쩌면 좋으랴.

어른이 되기 위한 길은 녹록하지 않았다. 결혼해서 자식을 두고 하루하루 지탱해 온 날들은 그야말로 바쁘게만 이어져 갔다. 무에서 유를 창조해야만 했듯이 삶의 곡선마저 가파르고 혼란하기가 일쑤였다. 저 새들처럼 유유자적해 보이는 날들을 누리지 못했다. 그러나 이제는 완만한 나이만큼의 길목에서 여유를 찾았다고 해도 과언이 아니다. 이렇게 자연에서 보고 느끼는 점 하나하나가 마음의 변화를 이끌고 있으니 얼마나 다행인지 모르겠다.

혹여 덜어내지 못했던 마음의 짐이 있다면 이제는 벗어버리는 거다. 날마다 자아와의 타협을 이어가는 가운데 하늘빛은 유난히 밝게 나를 비추리라 믿고 싶다. 공중의 새들에게서 한 수 배웠다고나 할까. 행복은 멀리 있는 것이 아니고 가까이에 널려있다는 사실을 하나하나 헤아려 본다.

또 다른 내일

들려오는 소리에 고개를 돌린다. 분명 부모가 자식들에게나 하는 어투인데 예사롭지 않은 기분이 들어서다. 여느 때는 별 신경 쓰지 않고 있었지만 요즘 들어 저출산 문제로 인한 뉴스를 보면서 의미심장해지는 것을 막을 수 없던 터였다.

나 역시 동물을 싫어하지 않는다. 마당에서 가족처럼 기르던 백구나 황구의 기억이 지금도 내 가슴을 따뜻하게 해 준다. 사정상 이별한 지는 오래되었다. 눈빛으로 주고받던 행동들이 사람 못지않을 만큼 영리하기가 그만이었으니 어찌 잊을까. 사람과 마찬가지로 생로병사의 길을 피할 수 없었던 상황이 아릿할 뿐이다.

하루가 다르게 반려동물의 숫자가 늘어나고 있다. 심지어 사람 못지않은 대접을 받으며 세상을 달구어 간다. 입장을 들라면 그다지 거부감은 갖지 않고 있다. 살아있는 생명을 다루며 함께 호흡한다는 기쁨을 누리기에 지나친 편견은 거두려고 노력한다. 하지만 어딘지 모르게 앞으로의 사회상이 어떤 모습으로 변화될 지 염려스럽기 그지없다. 때로는 공상적인 영화가 벌어질 것 같은 기분도 든다.

동물이 사람처럼 대등할 수는 없다는 생각이다. 반려라는 이름 아래 여러 가지 삶의 조건들이 충족된다 하더라도 어디까지나 동물일 뿐이다. 인구가 줄어드는 것에 비해 반려동물에 관한 생각과 호응이 늘어난다면 아마 사회는 불균형의 자체가 되지 싶다. 만일 사람의 손을 필요로 하는 여러 분야의 상황에 처하게 된다 해도 동물이 그 일을 대신할 수 있겠는가 말이다. 건네는 호칭에서조차 딸이나 아들, 엄마와 아빠라는 소리에 이해가 부족하다면 내가 잘못된 판단을 하는 걸까.

연일 쏟아지는 뉴스에서 두려움을 갖는다. 학생이 없으니, 학교가 문을 닫고 아이를 낳지 않으니, 산부인과가 줄어들고 농촌은 빈집들이 늘어가는 현실에 이르고야 말았다. 우리 세대야 세상을 떠나면 그만이지만 후세들이 감당해야 할 무게가 얼마나 무거울지 상상할수록 안타깝다. 저 고사리 같은 손주 손녀를 볼 때마다 그런 생각을 거두지 못한다.

무엇이든 적당해야 한다. 급속하게 발전한 사회의 모습이 좋은 면만을 남기는 것이 아니라고 본다. 개인주의가 짙어지는 만큼 끝까지 주장을 펴는 것은 힘들더라도 결혼하고 자식을 낳아 보아야만 한 단계 성숙한 인생이 되지 않나 싶다. 나 역시 그 속에서 희로애락을 맛보고 있으며 사회의 구성원이라는 책임감 아래 살아간다 해도 과언이 아니다.

인구 네 명 중 한 명이 반려동물을 기른다고 한다. 그에 맞추어 반려동물을 위한 산업들도 점점 늘어가고 있는 현실이다. 이런 사회의 모습에서 간절한 바람을 갖는다면 부디 아이들을 위한 정책이 훨씬 우선되었으면 한다. 요즘 들어 출산 장려를 위해 정부나 지자체에서 여러모로 지원이 있기는 하지만 개선되어야 할 문제는 각 사람마다의 의식구조가 아닐까 싶다.

또 다른 내일은 개개인의 몫이 아니다. 우리 모두의 내일이기에 나누고 보태야 할 의무가 있어야 한다. 그런 생각 아래 언제나 목울대가 웅성대는 느낌을 거둘 수 없다. 세상을 향해 외쳐대는 나만의 소리에 귀 기울이며 주변을 살피느라 자꾸만 예민해지고 있다. 사람 사는 세상이 균형 있게 발전하기를 바라면서.

지치지 않는 여름

　뇌리에 나의 지나온 날들은 항상 종종대는 걸음으로 기억된다. 뛰어봤자 벼룩이어도 누가 뒤에서 쫓아오기라도 하듯 정신없이 영역을 넓히면서 걷는 모습이었다. 그런 날들의 얼굴을 끌어당기며 쓰다듬어 준다. 모든 열매가 뜨겁고 무더워야만 익어갈 수 있듯이 지금은 그렇게 살아온 과정을 보답해 주는 순간이라고나 할까. 바로 여름이라는 계절과 손을 맞잡는 일에 취해든다. 서로의 거칠었던 호흡을 조용히 낮추면서 이제는 느긋한 표정까지 짓고 있다. 그 풍경 속에 지금껏 고단했던 나의 일상을 위로받는 중이다.

　모처럼의 여행은 마음을 들뜨게 만든다. 차창에 기대어서 떠나가는 여름을 바라보는 것도 한편의 화폭과 마주하는 기분이다. 짙푸른 녹색 옷을 서서히 걷으며 드러내는 여름의 속살에서 가을향기에 한껏 젖어 들어가고 있다. 잠깐 스치는 풍경일지라도 진한 여운으로 가슴을 두드린다. 한 뼘만큼의 허락된 자유, 그러나 그 안에는 풍만한 기쁨과 감사가 따르고 있었다. 헤픈 상념이라 해도 개의치 않는다. 피부로 닿는 자연의 순리를 즐기는 동안 나만의 세계가 확장되어 간다는 사실에 흡족할 뿐이다.

생의 여름은 자아를 완성 시키기 위한 효과적인 마당이다. 인내가 필요하고 볕을 가르며 나눌 줄 아는 공존의 현장이라 말하고 싶다. 어느덧 시간을 거슬러 올라 마음의 넓이가 더해진 탓인지는 몰라도 차창으로 스쳐 가는 세계가 내가 살아온 날들처럼 빠르게만 보인다. 여름의 끝자락이 나타내는 의미가 유독 깊게 다가오기에 그렇다. 지독한 태양과 습했던 기온을 거친 후에야 모든 것이 익어가듯, 인생의 가을도 그런 모습과 같다는 생각이 들었다.

정말 가파르게 살아왔다. 남들과 달리 유독 여유가 없었을 만큼 아쉬운 부분이 많았다. 그래도 생의 바퀴는 나를 가을 속으로 지체하지 않고 데려다 놓는 중이었다. 오색 찬연히 열리는 가을의 문 앞에서 거듭 순환되는 계절의 이치를 깨닫도록 하고 있었다. 돌아보니 분주하게 보냈던 지난날들이 어쩌면 오늘을 단단하게 만든 명약이 아니었나 싶다.

떠나가는 여름이 나를 보며 활짝 웃는 듯하다. 무언의 위로를 전해오고 있다. 그 안에 가정이란 울타리가 선명하게 자리를 넓혀가고 있었다. 인생의 결실이라 할 만큼 할머니란 이름 하나가 더해진 현실이다. 한편 아직도 삶의 현장에서 뛰어야만 하는 나 자신이 중요한 모습으로 다가와 있다. 그 마음이 잠재해 있는 여름의 의지라 하겠다. 바람 불고 차가운 계절이 밀려올지라도 여름처럼 땀 흘리며 살아가겠노라는 자기와의 새로운 약속이었다.

때로 삶의 테두리가 마음을 옭아맨다 해도 여름 속으로 다시 걸어가리라. 수고하고 노력하는 생의 여름이 없다면 어찌 이런 가을의 풍요를 맛보게 될 수 있단 말인가. 계절의 변화와 상관없이 내 삶은 한 번뿐이라는 것을 안다. 그 속에서 주어진 하루하루를 헛되이 보내고 싶지 않을 뿐이다. 그렇게 여름은 언제나 내 안에서 끊임없이 되살아나는 삶의 용기를 주고 있었다. 차창밖으로 지치지 않는 여름이 함께 달리고 있다.

미루었던 갈증

예전에는 미처 몰랐다. 수없이 많은 책 속에 살고 있는 현실이라 해도 손끝에 두고 애착하는 일, 그 또한 쉽지 않다는 것까지 체득한다. 미루었던 숙제 마냥 그래도 마쳐야 하듯이 읽고 싶은 명작을 곁에 두고부터는 더 간절해지는 거였다. 바로 ≪카라마조프가의 형제들≫이다.

러시아가 낳은 대문호 도스토옙스키, 그의 작품 속으로 걸어 갔다. 작품 속의 인물들을 만나면서 작가 자신은 주인공들의 삶에 방관자가 아닌 한 사람 한 사람에게까지 깊숙하게 파고 들어가 함께 고뇌하며 분투하고 있었다. 정교하고 대쪽 같은 언어의 다양함으로 독자에게는 긴장과 상상을 몰고 오기에 충분했다. 사실 나로서는 쉽게 이해하기 힘든 부분도 있었음을 숨기지 않겠다.

처음과 끝을 돌아보아도 요구하는 것은 인간의 실천적 사랑이었다. 구절구절 작품 속 주인공들의 내적 갈등이 속살처럼 비치고 있다는 사실을 보면서다. 그러나 우리가 지닌 관습과 의식의 세계와는 차이가 있었다. 하지만 전체적으로 화합과 용서를 향하여 가는 목적은 같음을 인식시켜주고 있다고나 할까. 가깝고도 먼 관계의 설정이 조심스러움을 더해 주는 데도 한몫했다. 등장인물 하나하나가 뜨거운 삶의 벽 속에서 신이 지닌 영역을 의식하며 사방을 두리번거리는 상황이라 해도 지나친 추측은 아니리라.

감히 상상 못 할 만큼 패륜에 이르는 부친 살해 사건을 당하면서 휘말리는 장면은 읽는 순간부터 복잡한 상황으로 치닫고야만다. 내내 긴장의 연속이었지만 마지막 줄거리에서는 그 과정에 대한 이해가 아릿한 슬픔으로 남을 뿐이었다. 여전한 숙제는 혈육과의 관계 설정이었음을 안타까이 여기기로 했다.

가족의 끈에 대해 들여다보았다. 작가가 빚어낸 작품 속의 인물 형성은 우리네 문화와는 거리가 멀었지만, 수많은 갈등과 증오, 결국에는 그로 인해 파멸에 이르기도 하는 부분적 설정이 작가의 심연을 이해하도록 만들었다. 카라마조프가에서 벌어지는 사건들이 그 당시의 시대적 상황을 곁들여 표현했는지도 모른다는 생각마저 드는 거였다. 마치 등장인물들이 내뱉는 소리를 직접 곁에서 듣는 것만 같았다.

이 책에 흠뻑 빠져버린 이유는 또 하나 있다. 책의 정경이 누에가 고치를 짓기 위해 입에서 뽑아내는 실 같음을 인식하면서다. 작가는 어쩌면 그 많은 생각과 감정들을 표출하며 세상으로 걸어 나와 문학이란 집을 완성했는지 감탄하지 않을 수가 없었다. 진부하지 않을 만큼 인물 하나하나에까지 특색을 그대로 드러내 보이는 묘미까지 돋보였다. 거친 듯한 무늬로 보이지만 촉감은 한없이 부드러운 옷감의 기분을 맛보게 했다. 이것이 바로 작가의 사상이 아니었나 싶다.

소설 속 주요 인물은 바로 아들 셋과 아들 취급을 받지 못하는 사생아, 그리고 아버지이다. 이해가 안 될 만큼 이들은 각자의 영역에서 출구를 찾아 헤맨다. 누구누구는 쾌락을 위하고 누구는 신의 뒤를 좇으며 고뇌하는 모습이 어쩌면 작가 자신이 가져보지 못한 다양한 세계를 드러내는 또 다른 광경이라 하겠다. 이런 장면들이 긴장과 흥미를 불러내기에 충분했다. 누구나 지니고 있을 만한 내면의 끝없는 갈등을 완벽하게 표현해 준 작품으로 다가왔다.

책 속에서 내 것으로 탐할 만큼 기억으로 남기고 싶은 것이 있다면 표현을 다 못한다. 다만 작가는 가난한 사람들의 일상과 심리를 휴머니즘적인 관점에서 사실주의적으로 그려냈다는 점을 높이 사고 싶다. 부자父子 간의 대립, 형제간의 대립, 그래도 그 안에는 지켜내고 싶었던 근본적인 가족애와 자기애가 이해를 몰아다 주었다. 확대하면 서로라는 끈에서 이탈할 수 없음을 보여주는 증거라 하겠다.

모든 것을 기억 속에 저장할 순 없지만 마지막 권에서 논하는 검사의 말이 귓전에 남는다. '작은 물방울에 비친 태양의 모습'이란 표현이다. 이 얼마나 세밀하고 정교한 언어의 차림이던가. 티끌만 한 것에도 태양의 힘은 작용한다는 사실이다. 그것은 자기가 주도해 가는 삶이 윤리와 양심에 의해 지켜져야 한다는 외침으로 들려왔다. 하늘의 태양은 누구에게나 공평하게 비치기에 각자가 품고 누리는 가치도 활용하는 데 따라 결과가 다른 것까지 짐작하게 만들어 주었다.

뒤늦게 갈증을 해소한 느낌이다. 작가의 날카로운 시선이 작품 속에서 빛나기에 그 기분은 더했다. 문학의 묘미가 무한하다는 것을 알게 되었으니 뜻하지 않은 수확이라 하겠다. 작품이 전해주는 수많은 언어의 통찰, 그리고 그것을 움직여서 마음에 흩뿌려 변화를 일컫게 하는 자체만으로도 작가를 만난 기회였다.

숲이 보이던 날

길을 나섰다. 모처럼의 서울 외출이고, 혼자서 목적지를 찾아가는 일이 내색은 안 했어도 두려웠다. 태연한 척 터미널에 내려서 지하철을 탔다. 그것도 혹 잘못 탔을까 봐 옆 사람에게 묻고 또 묻는다. 이렇게 시작된 나의 서울행은 그야말로 조심스럽기가 어린아이 수준이 되어버렸다. 그래도 어쩌랴. 아는 길도 물어가면 손해 볼 게 없다는 것을 진즉 터득한 바이니까.

지하철 안이 사람들로 빼곡하다. 그 모습에서 세상은 바쁜 그림을 그려내며 돌아가는 바퀴처럼 보였다. 순간 나는 이방인이 된 듯한 기분을 맛보게 되었다. 모든 것이 생소하고 낯설기만 해서이다. 그래도 그 물결에 휩쓸리듯 무사히 목적지까지 다다라 하루를 보내고 집으로 돌아올 수 있었으니 다행이었다.

신선한 충격이었다. 같은 하늘 아래에서 서로 다르게 살아가는 일상들이 새삼스러워 보였기 때문이다. 그리고 보이지 않는 깊이까지 헤아려 보게 되었다. 우물 안에 개구리처럼 살던 내가 바깥세상을 구경한 것과 다름없어서 신기할 뿐이었다. 중요한 것은 집으로 돌아와서의 마음가짐이라고나 할까. 각기 각처에서 열심히 제 몫을 다하는 사람들을 연상하며 내 삶과 대비키로 했던 것이다.

가끔씩 하던 일에서 벗어나고 싶었다. 그동안 누적되어 온 심신의 피로가 그 강도를 더해 올 때면 말할 나위 없이 발버둥치며 스스로에게 항변을 늘어놓고는 했다. 수십 년간 이끌어 온 음식 장사를 그만두고 싶은 심정과 늘 대립에 들어가기 일쑤였다. 양분화된 내적 갈등 속에서 혼자서 묻고 답해야 하는 길로 들어선 즈음이기도 했다.

아무도 명확한 답을 줄 수는 없다. 합당하게 판단해야 할 나만의 문제이다. 후련한 것은 이번 기회로 인해 내가 가야 할 바를 확실히 알게 되었다는 답을 들려주고 싶다. 벗어나고 싶어 했던 일상을 새로운 시선과 삶의 원천으로 받아들인 기회였다고나 할까. 나아가서 왜 살아야 하는가에 대해서도 알게 되었다.

정확한 것은 숲을 보았다는 사실이다. 빼곡한 지하철 안에서의 인파를 나는 숲이라 여기기로 했다. 청량하게 우거진 나무들은 아니지만 제각기 다르게 살아가는 사람들의 모습이 숲처럼 어우러져서 조화를 이루어 내고 있는 현실을 보게 된 것이다. 바로 나도 그 숲속의 일원이었다. 살아있으매 그들과 그 자리에 함께 할 수 있지 않은가 말이다.

집으로 돌아와서 조용히 마음을 정리한다. 지금껏 지나온 삶의 여정이 피곤하고 지루했다 하더라도 이제는 그런 생각을 접기로 했다. 중요한 법칙 하나를 발견한 셈이다. 내가 호흡할 수 있는 생명의 숲이 고맙기만 하다. 갖가지 초목의 크기와 생김이 다르다 하여도 서로서로 갈피를 피하며 생존해 가듯 내가 그중에 하나라는 것이 다행이었다. 그동안 헤매던 마음이 제자리를 찾은 듯 차분해졌다. 단순하고 쉽게 생각한다면 살아있으므로 기쁨도 있고 슬픔도 있지 않을까 싶다.

안개가 사라지듯 시야가 밝아졌다. 급속히 변화된 세상에서 삶의 방향을 다시 조명해 본다. 가장 쉽게 개업하고 허물어질 수도 있는 음식업에 대해 긍지를 지닌 다짐과 함께이다. 한층 홀가분해졌다. 가게 일이 턱없이 힘들고 바쁠 때가 있어도 나를 살게 하는 생업, 그리고 이용해 주는 고객들, 참 소중한 관계의 연속이라 생각하니 보람된 기분이다. 잡초이든, 우람한 나무이든, 숲에 있는 모든 생명은 신선한 공기를 배출하며 살아간다. 무릇 사람들도 제각각 그런 모양을 하고 있었다.

chapter - 4

시집 잘 온 여자

시집 잘 온 여자, 당당하게 그 얘기
의 주인공이 되어버렸다. 어휘를 나
타내는 문법상 부정에 부정을 더하
면 긍정으로 변한다는 사실을 알고
있다. 편편이 고생하며 살아가는 아
내에게 남편으로부터 고맙다는 마
음이 담겨져 있으리라 믿고 싶어서
다. 혹여 내가 우쭐할까 봐 지레 돌
려 말하는 것은 아닌지 모르겠다.
나를 단련시켜 온 남자, 늘 생활전
선에서 떠날 수 없도록 만들어 놓은
남자, 서러워도 이제는 거의 그 마
음 거두어들인 상태이다.

—본문 중에서

고등어 한 손

자반고등어를 산다. 등줄기에 선명한 푸른빛과 적당히 염장되어 있는 자태가 구미를 당기기에 충분해서다. 뿌리박혀 온 내 고유의 입맛, 그것이 향수인 것일까 아니면 그리움의 맛일까. 그 옛날 시골에는 냉장고가 없었다. 비릿한 생선 구경도 오일장이 서야만 볼 수가 있었다. 지금도 기억나는 것은 장날 고등어를 사다가 엄마가 소금항아리에 넣고 보관하는 모습이다. 바다가 먼 곳에 사는 형편이었으니 그만큼 고등어의 대접은 특별했다.

내게 고등어 한 손이란 말은 무척 가깝게 있다. 가장 작은 것에서 오는 어떤 온정 같은 것이기도 하다. 지금이야 그보다 좋은 것이 넘쳐나는 세상이건만 유독 친근하고 수월한 느낌이 드는 이유를 숨길 수 없다. 바로 과거로부터 잠재되어있는 내 안의 짙은 울림이 되기에 그렇다.

귓전에 맴도는 듯하다. 어릴 때 늘 듣던 친정아버지의 말씀이 다가와서다. 효도라는 것은 부모 살아생전에 고등어 한 손이라도 사다 주며 자주 찾아뵙는 일이라 했다. 그때 장성한 자식을 기다리는 아버지의 쓸쓸한 마음을 이제야 읽는 기분이다. 귀하고 값진 것을 들고 오랜만에 집에 찾아오기보다는 그렇게라도 자주 얼굴 보여주는 것이 효도라는 가르침이었다. 오랜 세월이 흘렀지만, 그 말이 아직도 생생하다. 그만큼 부모와 자식의 관계는 나이가 들수록 더 기다려지고 보고 싶어진다는 것을 알게 되었다.

남편이 원치 않게 대형병원 문을 드나들게 되었다. 더구나 지방에서 서울로 방사선치료를 받기 위해 날마다 가야 한다는 건 새로운 걱정거리였다. 곁에 사는 아들이 때마침 보배로 다가왔다. 통원 치료 동행을 자청한 것이다. 왕복 네 시간이 넘는 거리를 퇴근 후에 함께 해 주겠다고 한다. 치료를 저녁 시간으로 배정받은 다행함도 있었지만, 아들의 지원이 얼마나 큰 감격인지 우리 부부는 놀라고 말았다.

아들은 결혼해서 우리 집 인근에 산다. 며느리와 맞벌이를 하지만 일주일에 두어 번은 본가로 찾아온다. 손녀들을 데리고 와서는 함께 밥을 먹고 제 부모를 살펴주기에 애쓴다. 내게 가장 큰 복이라면 이런 아들의 마음씀이다. 출세하고 남들보다 나은 직장에 다녀야만 자랑스러운 자식이 아니다. 그런 이야기는 나와 거리가 멀고 상관이 없다.

아들의 지난날을 돌아본다. 대학을 졸업하고 대도시로 나가서 좋은 직장에 다니기를 원했다. 이런 바람과는 달리 우리 곁에서 터전을 잡고 결혼하였다. 그 모습을 보며 문득문득 새로운 생각이 떠오르고는 한다. 흔히 말하기를 자식이 외국에서 살면 해외 동포요, 잘난 아들은 나라의 아들이란 우스갯소리이다. 곰곰이 생각해 보면 의미심장한 말이다.

아무리 자식이라 해도 고마웠다. 제 아버지의 치료를 위해 발 벗고 나서는 모습이 어찌나 고마운지 다 표현할 수가 없다. 곁에 살면서 얼굴 자주 보여주는 것만으로도 흡족한데 제 부모의 세세한 부분까지 챙기고 있으니 나도 모르게 자랑이 늘어간다. 이리 큰 재산이 어디 있나 싶기까지 하다. 꼭 아들이어서가 아니라 내 살과 피를 나누었다는 그 자체만으로도 감동이다.

이미 아들은 우리에게서 어엿한 독립체로 존재한다. 그리고 나는 피부에 직접 닿는 효도에 대해서도 아직은 거론할 때가 아닌 줄 알았다. 세월에 떠밀려 부모가 되었고 남들처럼 사는 것이 내 몫인 양 알고 지내 온 시간이었다. 과연 나는 자식에게 어떤 부모일까 하고 돌아보지 않았었다.

누구나 그러했으리라. 뼈가 흔들릴 정도로 아프게 낳았고 진 자리 마른자리 갈아가며 보살펴 주지 않았던가. 보상을 받기 위해서가 아니었다. 부모 마음이란 크고 깊숙한 내면의 울림이 끝없기에 자식을 위한 일이라면 죽을 때까지 그 사랑 내려놓지 않으리라 믿는다. 초로의 세월이지만 그래도 자식에게 준 것보다 받는 것이 많다고 생각하니 뿌듯할 뿐이다.

고등어 한 손을 빗댄 아버지의 말씀은 현답이었다. 죽은 다음에 아무리 좋은 음식과 좋은 의복을 드린다 해도 소용이 없다는 뜻이었다. 그때는 그 의미를 흘려보냈었다. 아들이 우리 부부에게 쏟는 애정을 보며 돌아가신 부모님이 더욱 떠오르는 순간이다. 효도란 작은 것으로도 충분하다는 내 아버지의 말씀이 정말 옳았다. 어쩌다가 전화를 드리면 고맙다는 말씀이 지금도 귓전에 남아 있는데 돌이켜보니 두 분이 사시면서 빈 둥지 같은 세월을 보내시느라 얼마나 외로우셨을까 싶다.

아들의 얼굴을 마주한다. 뒤따라오는 며느리와 손녀딸들의 잔걸음도 반갑기만 하다. 숨겨둔 것은 없지만 무엇이든 꺼내어 주고 싶다. 소소한 것에서부터 느끼는 촉감은 그 어떤 행복과도 비교되지 않는다. 비릿하면서도 짭조름한 서민적인 생선, 자반 고등어처럼 우리는 그렇게 포개어 살고 있다고 해도 과언이 아니다. 그때 아버지가 바라시던 효도를 지금의 내가 충분히 누리는 기분에 젖어 있다. 그래서 아들의 얼굴을 볼 때마다 가끔은 과분한 생각까지 든다.

아버지가 무척이나 그립다. 고등어 한 손이라도 자식의 손에 들려오는 기쁨을 그 무엇과도 견줄 수 없을 만큼 귀한 보답으로 여기시던 모습이 아릿하게 다가온다. 기다림의 시간이 길었을 터인데 그때 나는 어디를 바라보며 무엇을 하고 있었을까. 오늘도 가지런히 포장된 자반고등어 한 손을 꺼내 들며 비릿한 냄새를 따뜻한 기억으로 전환 시킨다. 마침 아들이 대문을 열고 들어서는 중이다. 조림을 할까, 노릇하게 구울까.

의식의 집

순식간에 벌어진 일이었다. 쿵 하는 소리에 정신을 차리고 보니 자동차가 전봇대를 들이받은 후였다. 그제야 깜박 졸았다는 사실을 알았다. 후진하고 나서 살펴보니 차 앞부분이 거의 파손 상태이다. 우선은 내 몸도 전봇대도 멀쩡했다. 곧장 보험사를 부르고 차는 공업사로 보내졌다. 다리가 후들거리고 가슴이 방망이질을 시작한다.

가족 모두가 놀라기는 마찬가지였다. 자동차야 수리하면 되지만 만약 내 몸 한 부분 망가지거나 생명을 잃을 수도 있었다는 사실에 아찔했다.

졸음운전이 얼마나 무서운지 생생한 기억으로 각인된 사고였다. 고속도로에 졸음운전에 대해 왜 그리 커다란 주의를 표시하는지 이제야 알 것 같다. 그야말로 눈 깜짝할 사이에 벌어진 사건을 오래도록 잊지 못하겠다.

생명의 연한은 누구에게나 있으며 길고 짧다는 것까지 눈으로 보아오던 터이다. 그 또한 내게도 피해 갈 수 없는 명제란 것을 알고 지내왔다. 그렇다고 해서 내일이 마지막인 양 모든 것을 체념하며 살지는 않아야 할 것이다. 원초적인 본능 가운데 억제할 것과 가릴 것들을 살피며 성실하게 사는 길만이 스스로의 존재를 지켜가는 합당함이라 말하고 싶다.

의식과 감각은 항상 몸 전체를 에워싸며 합일을 이루고 있다. 피부에 닿는 현실이기도 하다. 자아가 존재한다는 것은 대부분 그 길을 좇아가며 사는 방법이라고 여긴다. 그것이 마땅한 선택이라 하겠다. 다행스러운 것은 나 역시도 그렇게 한 발 한 발 확장된 걸음 사이로 푸른 하늘 아래 꽃을 피우고 열매를 거두는 중이었다. 평범한 풍경이지만 또 다른 기쁨이 되어서 삶의 의욕을 일으켜 주고는 한다.

손녀딸들이 찾아와서는 안기며 괜찮은지 묻는다. 경미한 접촉 사고 때는 남편의 질타가 눈 끝에서 나를 자극했었는데 이번 일은 의외였다. 무엇보다도 위로가 섞인 아들의 한마디 말이 더 없는 방어선을 구축하는 데 일조를 했다. 모두가 지원군들이었다. 부대끼며 살지라도 가족이란 그렇게 단단한 구성원의 역할로 이루어진 집합체라는 것을 체험하는 기회였다.

간발의 차이라고들 한다. 그리고 생명의 소중함이 어떠한지 절실하게 깨달았다. 의식과 함께 건재해 가는 몸의 구조를 다시 한번 들여다보게 된 셈이다. 그곳에 기대어 사는 필수적인 의무가 오롯이 내 책임이기도 했다. 분명 졸음이 시작되는 경고음이 있었을 터인데 지나쳐 버린 결과로 당한 사고였기에 그렇다. 위험천만한 일을 겪었지만 되풀이하지 않겠노라는 다짐과 함께 삶의 현장은 언제나 주의가 필요한 무대라 생각하니 하루하루가 더욱 소중해졌다.

며칠이 지났다. 깨끗한 몸으로 탈바꿈한 자동차가 집으로 왔다. 완쾌한 사람의 몸마냥 환하다. 새 마음으로 운전석에 앉아본다. 돌아볼수록 우리가 삶의 바탕 위에서 행해지는 모든 것들은 의식이란 집에서 생산되고 있었다. 신체의 기능 또한 그것을 바탕으로 하여 적절하게 사용해야 할 의무가 있었다. 때로는 무의식에 잠시 머물게 되어도 의식이 절대적인 우위의 자리에 있어야 한다는 것까지 알았다. 어떤 경우든 치르고 난 후에야 더 나은 방향의 갈피가 정해진다는 사실 때문이다. 내 안의 또 다른 집, 의식의 집이 무너지지 않도록 잘 관리해 간다면 세상이란 바다도 순항해 가기가 훨씬 수월할 테니까.

사진이 되다

　나도 모르게 눈길이 간다. 식당에서 자녀들이 부모님과 함께하는 장면을 보면서다. 아마 따로 사는 처지가 대부분인 듯하다. 가족 간에 특별한 날이거나 아니면 모처럼의 만남인 것 같은 분위기를 엿볼 수 있다. 그리고 손자 손녀까지 식사 자리에 있는 모습이란 더 좋은 여운이 되어 준다.

　마주 보며 먹는다는 것에서 왜 이리 특별한 느낌을 갖는지 모르겠다. 핵가족화된 세상에서 서로가 놓치지 않으려는 끈을 위해 모여드는 의미의 시간으로 보여서일까. 정말 살아서 움직이는 아름다운 사진이라 하고 싶다. 그들의 속사정까지는 알 수 없다. 하지만 함께라는 사실만으로도 어딘지 모르게 정신적 온기가 더해갈 것 같은 상상마저 들고 있다.

　음식업을 하면서 많은 사람을 만난다. 그중 이렇듯 부모님을 모시고 오는 경우에는 한 번쯤은 더 돌아보는 버릇이 있다. 양친일 때도 있고 아니면 어느 한쪽일 때도 있다. 식탁에서 자식이 부모를 마치 아기처럼 대하듯 조심스레 챙기는 모습을 보며 부모의 건너간 삶이 떠오르기도 한다. 뙤약볕과 같은 한낮의 인생을 보낸 후 저녁노을에 기대어 앉아 있는 풍경으로 비추이는 시간이다. 잠잠하게 보이는 가운데 살아온 여정마저 숭고했으리라 짐작한다.

날마다 뜨고 지는 해를 볼지라도 나 자신을 들여다보기란 쉽지 않다. 이렇게 문득 타인을 통해 발견하는 작은 울림일지언정 커다란 감사가 쏟아져 내리고 있기에 그렇다. 그 모습이 뭐가 대단하냐고 해도 소소하지만, 결코 소소한 일은 아니었다. 식구라는 끈은 그만큼 무게가 있으며 소중하기까지 한 것을 확인한 셈이다. 요즘은 누구나가 바쁘다고 하는 세상이니 세대 전체가 한자리에서 먹고 마신다는 일도 그리 쉽지만은 않기도 한 것을.

나는 며느리가 고맙다. 가끔 손수 음식을 만들고 차려서 우리 내외를 불러 대접한다. 저도 직장 다니느라 힘들 터인데 정성을 다하는 태도가 어여쁘다. 며느리에게서 받는 밥상은 그래서 더 흐뭇하다. 아들네 집을 나설 때까지 연신 '잘 먹었다'는 말을 그치지 않는데 그런 내가 싫거나 쑥스럽지 않다. 강물에 잘 흘러가고 있는 듯한 인생의 자화상이 가슴으로 파고들어서다.

내가 시집오고 처음 맞는 시어머니의 생신날이었다. 모든 면으로 살림 솜씨라고는 한참이나 미숙한 상태지만 시어머니 생신을 챙겨드리려고 집을 나섰다. 시댁은 첩첩 산으로 둘러싸인 오지 시골이었다. 버스가 구불구불한 산허리를 붙잡고 갈 정도로 마음 편한 길도 아니었다. 그 유명한 박달재의 이름만큼 평생 잊지 못하는 남편의 얘기도 그곳에서 한 가지 남게 되었다. 남편이 새댁에게 조금 미안했던지 이 길을 가노라면 비행기를 타는 기분일 거라고 했던 우스갯소리이다.

정말 그랬다. 버스에서 내려다보이는 산 아래의 풍경은 시댁에 갈 때마다 사계절 동안 멋진 사진을 연출해 주었다. 가장 잊지 못하는 것은 초여름 날의 아카시아 꽃향기와 단풍이 뒤덮인 가을날이다. 소소하나마 오늘날 이렇게 지나치지 못할 사진 한 장은 오랜 세월이 지났지만, 여전히 시야에 머물러 있을 뿐이다. 모든 것이 부족한 며느리로부터 밥상을 받으면서도 인자하게 바라보시던 어머니의 얼굴이 함께 떠올라 슬며시 웃음 짓도록 한다.

시부모님도 오래전에 하늘나라로 떠나가셨다. 흘러간 세월이지만 아직도 그 길을 유랑 삼아 찾는 버릇이 있다. 이제는 산 아래로 터널이 생기고 도로가 확장되어서 자동차가 그곳을 지나는 일이 드물어졌다. 하지만 가슴에 인화된 사진을 꺼내 들고 느린 눈빛으로 달려간다. 수십 년이 지난 만큼 닳아진 길은 한적하기조차 하다. 변한 것은 초목들이었다. 어떤 것은 우람해졌고 어떤 것은 쓰러진 채 외로이 누워서 하늘을 향하고 있다.

가고 오는 것들은 시간과 사람이 아닌가 싶다. 지나간 시간 위에서 나를 발견하고 미묘한 힘을 느끼게 해 주기 때문이다. 흔한 것 같지만 이렇게 가족이란 이름으로 한자리에 모여 음식을 먹고 마시는 일은 아무리 보아도 아름답다.

문득문득 어린 시절의 나를 찾아 오르자면 두리반이라는 이름이 정겹게 다가와 마음을 두드려 준다. 좋은 먹거리로 차려진 상은 아니었지만 그곳에서 오늘까지 성장할 수 있는 정신적 자양분을 취하고도 남음이 있었으리라.

살아낼 수 있는 힘은 먹는 것에서부터 시작된다. 무의미한 삶을 위해서가 아니다. 그로 인해서 안정된 정서의 발달이 지속된다고 믿고 싶다. 나이가 든다 해도 성숙해지기 위해서는 자기를 지키며 주변을 돌아보는 마음의 여유마저 더욱 필요한 시간이다. 내 앞에 놓인 미래가 불투명할지라도 그래야만 한다고 다짐한다. 일인 세대 또는 독거노인, 다양하게 변해버린 세상의 흐름에서 과연 남은 날들을 어떤 모습으로 꾸려갈지 궁금하기도 하며 두렵기도 하기에.

절규

    예사롭지 않은 소리다. 잠시 창을 내다보는데 직박구리 두 마리가 이리저리 날면서 힘껏 내지르는 소리다. 처음에는 새들의 노랫소리인 줄 알았다. 늘 우리 집 주변 나무 위로 자주 놀러 오는 낯설지 않은 새였기 때문이다. 그런데 무려 한 시간여를 울부짖듯 지저귀었다. 마치 집 안에 있는 나를 향해 애원하듯 부르짖는 형태다.

    무슨 사연일까, 이상해서 나가 보았다. 담 하나를 사이에 둔 옆집과는 허물없이 지내는 처지인지라 급한 마음에 뒤란까지 들어가고야 만 것이다. 나를 위협하듯 직박구리는 내 머리 위로 활공을 했다. 깃을 세운 채 뽑는 소리는 분명 무슨 뜻이 담겨있는 것처럼 느껴졌다. 뒤란을 훑으며 구석에 있는 나무 위까지 올려다보아도 도대체 저들이 왜 그러는지 짐작이 되지 않았지만, 무슨 사연이 있는 건 분명했다.

다시 한번 촘촘히 둘러보기로 했다. 그런데 담 밑둥치에 무엇인가 보인다. 바로 직박구리 새끼였다. 날 수 없는 솜털이 보송한 아기 새였다. 입만 벌린 채 바들바들 떨고 있는 모습이란 애처로움 그 자체였다. 이제야 이유를 알아차렸다. 부모인 듯한 새가 왜 그렇게 요란할 만큼 뾰족한 소리로 나를 향해, 허공을 향해 부르짖었던 뜻에 대해서다. 그동안 무심코 여겨왔던 새들의 소리는 노래로 들려왔건만 이번만은 울음소리였다는 것을 알게 된 계기였다.

가까이 다가갈수록 내 머리 위로 더 낮게 날아든다. 주춤거리다가 옆집 주인에게 도움을 청했다. 그분은 길고양이들에게조차도 매우 호의적인 분이어서 좋은 방법이 있을 것 같아서다. 어쩌다가 제대로 날지 못하는 새끼를 떨어뜨렸는지 염려의 표정이 역력하면서 궁리를 곧바로 행하신다. 새가 내려앉기 쉽고 그늘진 곳에 넓은 종이박스를 둔 다음 물과 함께 새끼를 고이 안아다가 넣어준다. 아기 새를 구출해 가기 좋을 거라는 그분의 재치가 돋보였다.

시간이 좀 지나고서 나가보았다. 옆집 주인과 박수를 쳤다. 아기 직박구리를 어떻게 옮겼는지 볼 수는 없었지만, 부모 새가 데리고 간 것이 분명했다. 아마 입에 물고 날아갔지 싶다. 얼마나 기쁜지 졸이던 마음이 가뿐해졌다. 이제 그들만의 둥지로 돌아가서 숨을 편하게 몰아쉴 모습마저 연상되고 있다.

우리는 늘상 거론되는 화두로 옮겨갔다. 제 자식을 방치하고 학대하는 사건들이 얼마나 비일비재한지 공분케 하는 현실에 대해서다. 급속도로 발전한 사회생활 속에서 마르지 않아야 할 것은 인간의 사랑이라는 것을 거듭 성토했다. 지나칠 만한 자연의 흐름에서 커다란 이유를 발견했다고나 할까. 가슴을 따뜻하게 만드는 한 점의 화폭이 되어 준 날이기도 하다.

직박구리의 간곡했던 울음소리를 오랫동안 잊지 못할 것 같다. 지금 저 새들도 자식을 위해 온갖 정성을 다하며 살거늘, 간혹 사랑과 의무를 버린 비정한 부모의 얘기가 더는 들리지 않기를 소망한다. 그리고 혹시 주변에서 작게나마 들려오는 신음소리는 없는지, 또 마음으로, 눈으로 도움을 청하는 간절한 절규에 귀 기울여야 함도 되새겨 볼 일이다.

꽃 진 자리

봄이면 티끌만 한 잡초도 꽃을 피운다. 낮은 땅 표면에서부터 하늘과 가까운 산에까지 온통 꽃으로 뒤덮여 있다. 형형색색 다채롭기까지 하다. 봄의 아름다운 극치가 이런 모습일까 싶다. 하루가 다르게 저마다 바쁜 모습들로 생명의 환희를 보이는 가운데 무슨 이야기들을 하고 있을까 궁금하다. 들리지 않는 말을 조곤조곤 풀어내며 열심히 꽃피우고 있으니 바람조차 잠시 멈추고 있는 듯하다.

생각의 보자기를 펼친다. 환희와 고통이 동반된 생의 밑그림을 보는 기분이다. 자연에게도 이렇듯 멈출 수 없는 수고로움이 이어지고 있었다. 거룩한 외침이다. 사람들의 심장을 두드리는 소리로 들려온다. 찬란한 무대 위의 연주가 시작되는 것처럼 자연의 호흡은 점점 가파른 선율을 타고 있다.

어떤 화가의 붓놀림이 이리도 훌륭할까. 어떤 조각가가 이리도 정교한 손끝으로 봄의 형상을 다듬고 있을까. 그러나 아쉽게도 봄은 달려가는 몸을 멈추어야만 한다. 이어지는 계절에게 건네어야 할 서로의 약속을 지키기 위해서다. 조금은 애처로워도 무리가 없다. 생각해 보면 우리가 사는 모습과 별반 다를 게 없기 때문이다. 태어나고, 장성해지고, 결국은 똑같이 자연 속으로 동화되어 간다는 것을 누구나 겪지 않던가.

이제 꿈과 같았던 봄은 꼬리를 내리고 있다. 마지막 심호흡을 하는 몸짓이다. 가녀린 꽃잎들은 빛이 바래가며 고개를 숙이고 있다. 활짝 웃던 얼굴을 뒤로 한 채 시무룩한 모습으로 연초록에 매달리어 있다. 바람이 일어 꽃잎을 떨구기 시작한다. 잠깐의 영화榮華였다. 하지만 아파할 겨를도 없이 연신 그 자리에 새살을 키워가야만 한다.

꽃 진 자리가 말갛다. 이렇게 되기까지의 과정에서 필요한 것들이 무엇이 있었을까. 고단해 보였을 짧은 여정 속에 많은 사연이 스며있는 것만 같았다.

보이는 봄과 함께 무수히 지나간 계절들이 불현듯 스쳐온다. 별 감정 없이 늘 지나치던 어느 폐가를 보면서다. 족히 두어 세대를 거쳤을 만큼 처마 끝에는 묵은 기억들이 대롱대롱 매달려 있는 듯하다. 무너져 가는 담장과 함께 앞마당을 풀꽃들이 장악해 온 터라 고요한 평원처럼 바람도 드나들기가 수월해 보인다. 아직도 거두어 가지 않은 뒤란의 장독대는 허기를 품고 누군가를 기다리는 풍경이다.

인생의 사계절을 보냈던 집주인은 어디로 갔을까. 비록 낡아 허물어진 집이지만 한때 꽃 같은 시간도 있었으리라. 기억해 주고 싶다. 모두가 떠난 빈집, 곧 철거 장비를 들이댈 만큼 허술한 집이어도 꽃 진 자리 마냥 새로운 시선이 자리를 잡고야 말았다. 문득 시골에 있는 친정집이 떠올라서다.

그곳도 오래전 빈집이 되었다. 바람만 주인 노릇을 하고 있을 터이다. 꽃 진 자리 마냥 혼자서 몸부림 할 터이다. 아릿함이 밀려든다. 가족이 흩어져 버린 빈집일지언정 아직도 내 의식 속에는 따뜻한 회귀의 본능을 일으켜 주고 있다. 잠시 쓸쓸했던 내 과거의 한 토막이 이렇게 꽃으로 다가올 줄이야.

우리네 삶의 단면도 그러하다. 피고 지고 한 세대가 가고, 다음 세대가 이어지고, 그 가운데 내 걸음도 머물러 있다. 부모님이 떠난 자리를 물려받아 그 흐름에 실려 가는데 어느새 가까이 따라와 있는 내 자식을 보고 화들짝 놀란다. 삶이 이렇듯 분량을 따라 저마다의 자리를 지켜가고 있었다. 온 세상과 함께 더불어 있었다.

꽃이 지는 과정도 만만치 않다. 흐트러진 그림이다. 흡사 사람들도 그와 비슷해 보인다. 한 시절 어여쁘고 무성한 꽃과 나무 같아도 시간의 흐름 속에는 어쩔 수 없이 제 몸을 내어주고 내려놓기 마련 아니던가. 조금은 퇴색되어 보일지라도 고개를 돌리지 말아야겠다. 남은 인생, 때로는 고통과 번뇌도 꽃이 지는 과정처럼 순리로 여기려고 한다. 그 자리에도 반드시 새살이 돋아난다는 사실에 위안이 된다.

돌아볼수록 꽃 진 자리가 많기도 하다. 보이는 사물들에서부터 가장 긴한 사람과의 관계, 그리고 나, 다시 잎과 열매를 맺어가듯 초연해지고 있다. 그동안 느끼지 못할 만큼 조금씩 균열되어가던 심신의 집이 활력을 되찾는 순간이다. 사방을 둘러본다. 허전함보다는 바쁜 모습들이다. 자연의 이치에 따르듯 꽃 진 자리가 변화되는 중이다. 나 역시 현실에서 지는 꽃이라 해도 새로운 마음의 꽃을 피우기 위해 노력이 필요한 시간에 이르렀다.

또 다른 삶의 승화를 기다린다. 무엇에든 사리 분별을 하는 눈으로 바라본다면 나머지의 인생이 훨씬 수월해지리라 믿고 싶다. 그것이 꽃 진 자리에서 돋아나는 의기가 아니겠는가.

오늘도 뿌리 깊은 저곳에서부터 끌어올려지는 수분의 힘을 공급받듯 주어진 몫에 최선을 다하는 중이다. 먼 훗날의 내 뒷모습이 흉하지 않기 위해서.

나답게 살아가기

 나의 또 다른 일상은 배우가 되어 살아가기이다. 특별한 조명을 필요로 하지 않는 평범한 인물이지만 나름 혼신으로 열연하는 중이다. 여러 역할극에서 때로는 주연으로, 때로는 조연의 몫을 감당해야만 한다. 맡겨진 배역에 따라 감동이 느껴지도록 열심히 노력하는 일도 당연하거니와, 그에 앞서서 작품을 이해하고 빠져드는 데 있어서 충분한 시간과 감정이 필요한 것까지 신경 쓴다.

 늘 이런 생각을 해왔다. 드러나지 않는 한 편의 무거운 약속 이행이라고 해도 무리가 없다. 결국은 맡은 역에서 중도하차를 할 수 없기 때문이다. 만약 무대 위에서 내려온다면 나를 바라보는 많은 관객에게 어떤 여운을 남기게 될지 짐작만 해도 두렵다. 그 관객들은 필연인 가족과 주변에 쌓아온 인연의 고리들이다. 그래서 배우의 운명을 지녔다 해도 지나친 표현은 아니리라. 하지만 이런 감정은 순간순간 피해의식으로 돌변하기도 한다.

지나온 삶은 되돌아갈 수 없는 길과도 같았다. 후회해도 아무런 소용이 없었다. 누구나 모든 삶을 자기 의지대로 살기는 어려운 형편이 아니던가. 태어나는 일에서부터 가족의 환경, 자라나는 과정까지 타협할 수 없는 처지에 이르기도 한다. 어차피 나는 나일 수밖에 없었음을 인정하게 된 셈이다. 아이러니하게 그 점은 희미하게나마 애착의 기억이 되고 있다는 사실에 짐짓 놀라고야 말았다. 지난 삶이 어쩌면 오늘을 살게 하는 밑거름으로 작용하고 있는지도 모른다.

삶의 곡선에서 수많은 희비를 보았다. 이순耳順을 지나고 보니 자신도 모르게 조금씩 편안한 시야를 발견한 것 같다. 그것이 한편으로 나답게 살아가는 일이라고 위안을 얻는다. 주어진 하루하루에 최선을 다하는 것만이 마땅한 방법이라고 공언하기로 했던 것이다. 누군가에게 위로받기보다는 나 스스로가 위로하고 힘을 얻는 일이 효과가 더한 것까지 체험한다.

뒤로 물러나 포기하려는 것이 아니다. 남들이 좀 부족하게 여긴들 개의치 않기로 했다. 나만의 무대에서 관객의 반응이 좋든 나쁘든 내 몫을 묵묵히 감당하고 내려와야만 후회가 없기에 그렇다. 인생의 가치를 소중히 다루고 싶은 무의식이 폐부 깊은 곳에 깔려 있다는 것을 확인하는 무대이기도 해서다. 그리고 안정된 궤도에 다다랐다 한들 오만에 빠지지 않으려는 노력을 이어간다.

삶이 고달프다 해도 쉽게 벗어날 수 없다. 새로운 도전은 더욱 어렵다. 안일한 주관은 아니지만 변화를 위해 웬만하면 이 나이에는 파도타기처럼 그런 스릴은 피하고 싶은 심정이다. 이런 생각을 하기까지는 나도 모르게 비교 심리가 조금씩 작용할 수밖에 없었다. 또래의 모임에서 발견할 때가 대부분이다. 어떤 이는 운동이나 취미생활로 보내는 시간이 많거늘 나는 여전히 생업에 매달려야 한다는 처지에서 상대적 빈곤감을 느끼고는 한다.

어쩌랴. 오늘도 머릿속에서 잣대를 들이대며 열연한다. 나답게 사는 일이 우선 정신건강에 좋다고 거듭 외치는 중이다. 아성의 세계가 단단히 다져져 가고 있다. 땀 흘리며 수고한 대가에 더욱 소중함을 깨닫는다. 걸어온 마디마디가 옹이처럼 드러났을지라도 굳이 흔적을 지우려 들지 않으려 한다. 그로 인해 지금의 평화가 찾아들었다고 믿는 것도 나만의 방식이다. 지나온 삶이 밑거름이었다고 생각하기에 들여다볼수록 값진 기억으로 그려두고 싶어졌다.

과거가 없이는 현재의 삶도 존재할 수 없다. 그 사실을 인정하며 하루하루를 맞는다. 이제 돌아오지 않을 시간의 고삐를 조용히 내려놓아야 할 때다. 맡겨졌던 배역에 소리 없는 만족함으로 뒷걸음질을 내딛는 연습이 필요하다 여긴다. 그 마음은 세월이 연마해 준 덕택이리라. 명배우는 아니어도 열연하며 살아온 날들이 값지기만 한 것을 스스로 위로해 주고 싶은 시간이다.

지금도 일상은 파노라마처럼 흘러가고 있다. 주연이든 조연이든 아직은 주어진 역에서 벗어날 수 없는 현실이다. 그 사실을 머리에 이고 잠잠하게 바라본다. 돌아보니 나 아닌 다른 사람들도 모두가 그렇게 묵묵한 모습으로 살고 있었다. 저마다 자기가 맡은 배역에 열연해 가고 있는 광경이 존경할 만한 사건으로 다가왔다. 문득 혼자만 유난을 떨듯 조금은 부끄럽다.

나답게 살아가는 일, 그것은 언제나 건강한 의식을 놓지 않는 거였다. 누가 뭐라던 인륜을 거스르지 않으며 허락된 생의 반경에서 이탈하지 않도록 노력하는 일이다. 방금 문을 열며 아들의 가족이 들어오고 있다. 삶의 구심점을 잘 지켜왔다고 기쁘게 실감하는 순간이다. 내 입꼬리가 크게 벌어져서 더디 다물어진다. 소소한 것 같은 일상에서 최대의 가치를 깨닫는 하루다.

시집 잘 온 여자

　시집 잘 온 여자로 소문이 나버렸다. 뾰족한 송곳을 들이대듯 한 번 정확하게 따져볼 일이지만 도리가 없다. 이미 산전수전 공중전이라는 전쟁 같은 결혼생활도 잠잠하게 잦아든 터여서 기력이 부족한 상태이다.

　그냥 웃어넘기고 만다. 기막힌 논리에 뭐라고 대꾸조차도 말아야 하는 처지이지만 일단은 분위기가 싸하지 않아서 좋다. 아주 찰나적인 순간에 파고드는 언어의 유희쯤으로 간주한다. 습관처럼 남편이 던지는 '시집 잘 왔다'는 그 한마디가 가까운 사람들 사이에서 유행어가 되었다고나 할까. 모두들 재미있는 표정까지 짓는다. 남편의 기세가 또 한 뼘씩 커져가는 것을 그대로 볼 수 있다. 뒷맛이 야릇하다.

　인생의 그림자를 돌아보면 '오뚝이'처럼이었다. 내게 결혼은 무거운 짐을 맡은 거나 다름없었다. 이른 나이로 시집을 오자마자 생활전선에 뛰어들어야 했다. 게다가 불균형으로 이어지는 여러 가지의 마찰들은 앞뒤 겨를 지경 없을 만큼 암담하게 펼쳐졌다. 멈추지 않고 넘어가야 했던 고갯길이 돌아볼수록 아스라하다.

아들딸을 모두 출가시키고 나니 두 내외만 덩그렇다. 가만히 있다가도 할 말이 없으면 남편은 시집 잘 온 여자라는 둥, 나를 구제해 주었다는 둥, 공치사해 대기에 바쁘다. 더 웃기는 건 주변에 누군가와 함께 있을 때 남편의 그 버릇이 역시나 되풀이되고 있다는 사실이다. 시비를 가리기조차 싫다. 마지못해 내 입에서 나오는 말은 '반대로 들으면 된다. 아내에게 미안한 마음이기에 저리 말하는 것으로 해석하라.'고 일러준다.

논리적으로 따진다면 뭐라 해도 손해 보는 처지이다. 이윤을 논하기보다 저울추의 무게에 이의를 제기하고 싶어서다. 결혼해서 지금껏 음식업을 하고 있다면 누가 들어도 수긍하리라 믿는다. 음식업의 특성상 여자의 손을 다 필요로 하고 있는 만큼 과거로부터 현재까지 별로 변한 것이 없다. 그래도 이어가는 삶의 바탕에 서로 안온함을 느끼며 마지막까지 그와 동반자로 이어가기를 바랄 뿐이다. 가부장적인 사고방식을 버리지 못한 그와의 걸음에서 불편하지만 조금 떨어져서라도 뒤따라 걸어간다.

남편은 나를 벼리는 대장장이와 흡사했다. 풀무에 담금질해 오듯 보낸 날들이었다고 해도 억지가 아니다. 편히 사용할 수 있는 도구로 만들기 위해 사사건건 무의식 속에서도 권위를 내세워 온 사람에 속한다. 상전 노릇 하느라 머릿속으로 셈도 많이 했겠다 싶다. 나는 순진하리만치 순응해야 하는 줄로 알았다. 내 어머니, 그리고 시어머니의 세대도 그렇게 사셨기에 당연한 것으로 여기면서 살아왔다.

시집 잘 온 여자, 당당하게 그 얘기의 주인공이 되어버렸다. 어휘를 나타내는 문법상 부정에 부정을 더하면 긍정으로 변한다는 사실을 알고 있다. 편편이 고생하며 살아가는 아내에게 남편으로부터 고맙다는 마음이 담겨있으리라 믿고 싶어서다. 혹여 내가 우쭐할까 봐 지레 돌려 말하는 것은 아닌지 모르겠다. 나를 단련시켜 온 남자, 늘 생활전선에서 떠날 수 없도록 만들어 놓은 남자, 서러워도 이제는 거의 그 마음 거두어들인 상태이다.

덤의 시간에 이르렀다. 전과 달리 매사가 순조로이 흘러가고 있다. 어느덧 희끗희끗한 머리칼과 얼굴은 겹치는 주름으로 변하고 말았을뿐더러 남자와 여자의 구분이 지워진 동지와도 같은 입장에 들어섰다. 편하다고 해야 하나. 여전히 미안한 일이 생기거나 자신에게 불리해지는 순간이면 시집 잘 온 여자라며 역으로 둘러치고 있는 남편….

누군가 측은지심이라 했다. 남편의 모습에서 반사적으로 나를 찾는다. 자식들 보기에도 부끄럽지 않은 순간들이 흘러가고 있다. 곧 죽어도 기(氣) 안 내려놓으며 '남편 덕에 산다'고 하는 그가 차라리 다행이지 싶기도 하다. 나 자신이 부족하고 못나서가 아니다. 질서 때문이었다. 동등했지만 남편과 아내 사이에서 지켜야 할 보이지 않는 질서가 서로를 웃게 만들어 놓았다.

스승이란 교육의 현장에서만 존재하는 것이 아니었다. 아주 가까이 피부에 닿는 곳에도 있었다. 나를 단단하게 여물어지도록 한 사람, 삶의 모퉁이에서 언제나 파수꾼처럼 서 있던 사람이라 해도 틀리지 않았다. 그로 인해 지금 홀가분하다고 말한다면 손해 본 여정이었다 한들 계산이 필요 없게 된 현실이다. 이제 후회 없이 걸어온 나에게 의미 있는 상 하나쯤 주어지기를 바란다. 자칭 모범생이었다는 고백 아래 억지로라도 남편으로부터 받아내고 싶은 심정이다.

시집 잘 온 여자의 계산법에 오늘도 부부는 잠잠했던 설전이 펼쳐진다.

이정표

차창 밖으로 스치는 이정표에 비로소 안심한다. 나는 대개 차량에 장착된 내비게이션의 도움을 받지만 그래도 차창 밖으로 스치는 이정표에 더 정감이 간다. 마치 누군가가 나를 위해서 안녕을 빌며 손짓하는 것 같기 때문이다. 이정표에는 기계에 편승하려는 습관을 벗어나게 해주는 배려심마저 느껴진다.

마음의 이정표, 인생의 중요한 좌표이다. 좌표가 종교일 수도 있지만 나름대로 품고 가는 목표일 수도 있다. 어린 시절에는 부모나 스승으로부터 교육을 통해 성장하게 되고, 성인이 되어서는 대부분 스스로 판단하며 헤쳐 가기 마련이다. 한참 후에야 뒤돌아보면 아쉬웠던 일들이 드문드문 고개를 내밀며 마음을 흔들어 댄다. 그래도 날마다 다시 일어나고 거울을 비추이듯 자기 성찰을 통해 한 걸음씩 내디디며 가고들 있다.

책은 늘 우리 곁에 가까이 있다. 누구나 삶에 양식이 되어 주는 양서 몇 권쯤은 지니고 있지 싶다. 소설이나 에세이, 시를 포함해 마음 밭에 안착해 싹을 틔우고 자라기까지 애장하는 습관도 하나의 행복한 일이리라. 그 속에 있는 갖가지 사연들이 평생토록 잊히지 않는다면 얼마나 유익한 수확이겠는가. 책꽂이에 눈길을 줄 때마다 잠잠한 유무형의 재산과 같은 기분이 들 줄 안다.

오래전 친한 벗으로부터 소설집을 선물 받았다. 돌아보니 내게는 참 적합한 선물이었다. 상업의 길이라는 ≪상도≫ 제목부터 지침이 되기에 충분하다. 거상 임상옥이라는 실존의 인물에 대한 일화가 드라마를 통해 알려졌지만, 책을 읽으니 더 실감이 난다. 주인공이 곁에서 근엄한 얼굴을 하며 글자로 서 있는 것만 같다.

장사의 길은 이윤이 중요하다. 하지만 이곳에서 주인공의 삶을 통해 인간의 깊은 내면에 깔려 있는 또 다른 길로 따라가게 되었다. 이윤만이 목적이 아닌 참다운 삶의 길을 가도록 하는 내용이라고나 할까. 그것이 책 속에서 발견한 이정표였다. 누군가가 지나간 길이 현대인의 가슴에 울림으로 남는다면 그보다 자세한 이정표는 없을 것이다.

이 책 속에서 세세토록 살아 있는 물건은 계영배이다. 비록 하나의 작은 잔일지언정 오늘날까지 사람들의 가슴을 다스리는 좌표가 되고 있다. 깊은 효력을 지닌 물건이었다. 주인공은 그것을 통해 거부가 되었고 상도도 지킬 수 있었다. 그를 낳아준 사람은 부모였지만 모든 것을 이루게 해 준 것은 계영배였다고 회고하는 주인공, 책에서 걸어 나와 내 곁에서 말하는 듯하다. 그 말이 가장 빛나는 글귀였다. 욕망의 절제를 알려주는 최고의 줄거리로 기억한다. 잠시동안 삶 가운데서 헤맬 때 필요한 것, 자기 분수를 가늠하는 그릇, 무형일지라도 그 계영배를 가슴으로 소장해야겠다는 생각이 들었다.

어줍지만 나 역시 장사를 한다. 눈앞의 이익을 계산하지 않을 수 없는 것이 장사의 속성이다. 이익을 바라보는 일이지만 마음에 부끄러움은 남기지는 말 일이다. 장사로 이익을 남기기보다 사람을 벌어야 한다는 구절이 또 하나의 명언으로 깊게 각인되었다. 상업이란 이利를 추구하는 것이 아니라 의義를 추구해야 한다는 공자의 말을 곁들인 마지막 페이지에서 다시 한번 상도 商道란 큰 그림에 빠져들어 갔다.

책 속의 풍경에 매료되는 것도 커다란 즐거움이다. 육신을 위한 양식도 매우 중요하거니와 영혼을 풍요롭게 채우는 길이기에 놓치고 싶지 않다. 사람을 만나고 거두어들이는 좋은 마당의 역할까지 감당한다. 그러나 현실과 이상 사이에서 옳고 그른 것을 구분할 줄 아는 지혜가 필요한 것까지 염두에 둔다. 바램이라면 이런 의식이 내 삶 속에서 늘 깨어 있었으면 좋겠다. 책이 알려주는 이정표가 호기심과 안정감을 준다고 생각하니 활자 하나하나가 더욱 의미 있게 다가온다.

잠깐 사이에 이정표를 그냥 스쳐 지날 때가 있다. 방심한 탓도 있지만 지난 뒤에야 아쉽고 궁금해하는 순간에 이르게 된다. 안타까움에 쌓인들 어쩌랴. 우리의 삶은 연습을 필요로 하지 않는다. 어제를 거울삼은 내일의 길목이 눈앞에 놓여 있다. 날마다 넘어지고 일어서는 반복적인 자화상 앞에서 어디인가 목적지를 향해가는 곳을 멈추지 않으려 애쓸 뿐이다.

남은 생의 이정표 앞에서 마음을 추스른다. 짧은 듯해도 효율성 있게 보내야 하는 날들이 기다리고 있다. 여러모로 항상 마음에 걸리는 한마디 말처럼 ≪지금 알고 있는 것을 그때도 알았더라면≫ 하는 류시화 시인의 잠언집이 ≪상도≫와 함께 손닿는 곳에서 나를 세운다. 제목부터 언제나 나를 끌어당기는 책들이다. 이 두 권은 내게는 잠언의 보고寶庫나 다름없기에 더 소중히 여기며 간직하고 있다.

빛바랜 책들을 어루만지는 습관도 작은 행복이 되었다. 낯익은 글귀들을 들출 때마다 맑은 정서가 한 뼘씩 자라나는 기분마저 든다. 책을 통한 이정표, 나의 또 다른 스승이며 친구이다.

짝

여유롭게 운전 중이었다. 갑자기 무언가 보인다. 비둘기보다는 약간 작은 새인데 자동차가 다가가도 날아가지 않고 그대로 길 위에서 종종대고 있었다. 차를 멈추어야 했다. 살펴보니 저와 똑같은 새 한 마리가 누워 있는 게 아닌가. 아마 같이 날아가다가 한 마리가 달리는 차에 부딪혀서 죽은 것이 분명하다.

짝일까. 남은 새가 그 자리를 지키며 날아가지 못하고 있는 것이었다. 죽은 새를 숲으로 곱게 옮겨주었다. 다른 한 마리 이내 포르르 그곳으로 날아갔다. 짝을 잃은 슬픔이 나에게까지 전해지는 듯 안타까웠다.

짝 잃은 새 한 마리, 그 둘은 친구였을까, 부부였을까. 친구이든 부부이든 늘 함께하던 짝이 곁을 떠난다는 것은 정말 슬픈 일이다. 살아남은 새, 이제 어떻게 살아갈까. 자연 속에 섞여 있는 미물일지라도 삶과 죽음의 경계에서 겪어낸 두려움을 어찌 극복하며 지내게 될지 염려스럽다.

공원에서 옹기종기 모여 있는 노인들의 풍경이 낯설지 않다. 그분들의 표정에는 진한 고독이 깔려 있었다. 당신들끼리는 아무리 외로움을 감추고 있을지라도 내 눈에는 그렇게 여겨질 뿐이다. 만약 혼자라면 어떻게 빈자리를 날마다 메우고 살아가는 걸까. 생각은 점점 파노라마처럼 밀려와 먼 훗날의 내 모습까지 찾아 헤매고야 만다.

그랬다. 내 부모님들도 모두 짝 잃은 새로 살다가 떠나셨다. 나도 언젠가는 똑같이 될 것이다.

그날 죽은 짝 곁에서 종종대던 새 한 마리의 영상이 내 뇌리에 깊게 박혔다. 살아갈수록 깊어지는 사람의 고뇌에 대해 다시 한 번 생각하게 한다. 어떤 모양이든 도처에 널려있는 외로운 새들이 얼마나 많을까 싶어서다. 그래도 마지막 날까지 스스로의 몫으로 날아야 하는 운명, 비애보다는 새로운 의지를 품고 사는 연습이 필요하지 않을까.

평행선

어릴 때의 기억들이다.

길게 뻗어나간 신작로를 걸으며 일정한 크기의 나무들이 줄지어 있었다. 평행을 달리고 있는 한 폭의 그림처럼 다가오고는 했다. 그런데 끝 어디쯤에선가 하나의 점으로 만날 것 같다는 생각을 떨칠 수 없었다. 기하학적이면서도 신비로 다가왔던 그 길에 대한 추억을 되살리는 지금이다.

세월이 아주 많이 흘렀다. 이제는 그런 길을 걸어 다닐 기회가 줄어들었다. 가끔은 회상에 젖어 찾아 나서지만 역시 교차점에는 이르지 못한다는 현실을 인정하고야 만다. 어쩌면 살아가는 동안 숙제처럼 남겨질 일은 아닌지 모르겠다.

남편과의 거리는 언제나 평행선이었다. 남매를 낳아 기르고 출가를 시키면서까지 크고 작은 일에도 늘 그런 모습이었다. 어쩔 수 없는 상황에 이를 때면 내가 먼저 선을 우회하도록 해야만 했다. 부드러운 인내가 필요했다. 손을 내미는 지혜마저 앞뒤가 뒤따라야 했으니 그만큼 남편은 상전에 가까웠다.

평행선에 변화가 스며들기 시작했다. 나는 나밖에 모른다는 유행가의 일부 가사가 남편에게서 효력이 줄어들고 있음을 실감한다. 건강에 적신호가 켜졌으니 오죽하겠는가. 가족 모두가 바라보는 것조차 조심스러워졌을뿐더러 걱정이 늘어 갔다. 솔직히 말해서 그 후로는 불가능하던 평행선의 간격이 조금씩 좁아져 가는 것을 느끼게 되었다. 단지 그가 환자라는 이유 때문만은 아니다. 함께 달려온 길 위에서 사이사이 일궈놓은 인생의 텃밭을 바라보는 기분은 부부가 아마도 똑같지 않을까 싶어서다.

보이지 않게 간직해 온 두 개의 선을 달음질치듯 달려왔다. 뒤돌아볼수록 아득하다. 지나간 시간은 되돌릴 수 없는 것, 남아 있는 시간을 어떻게 아우르며 살아갈지를 조용히 가늠한다. 특히 부부 사이에 놓인 선이 완만하게 이어가기를 바랄 뿐이다. 아침에 눈을 뜨면 살아있다는 것에 감사, 또 하루를 부딪쳐 가며 모든 것을 만지고 활용할 수 있어서 감사, 언제 어느 때에 이르러도 평화를 구하는 그런 자세로 살았으면 한다.

어느 날 초등학교 담벼락에 걸린 현수막을 보았다. 뾰족한 말로 찌르지 말고 부드러운 말로 안아 주라는 문구가 적혀 있었다.

짧은 듯해도 간단한 내용이 아니었다. 학생들의 정서를 돕기 위한 현수막이었겠지만 가장 가까운 사이일수록 거두고 보태야 할 말로 각인되어 다가왔다. 삶의 여정이 팽팽했던 가운데 혹여 자신도 모르는 사이 상대를 뾰족하게 찌를 때가 어찌 없었을까.

평생을 마주 보며 가는 평행의 길, 벗어나지 않아야 하는 길, 그 길을 따라서 오늘도 꾸준히 걷고 있다. 하늘에서는 햇살이 환하게 쏟아져 내려와 마음을 가볍게 해 준다. 둘이서 쪽마루에 걸터앉아 낯설지 않은 평행선의 움직임을 바라보느라 바빠졌다. 그 속에서 온갖 희로애락이 되살아와서 춤을 추는 중이다. 그와 나, 여전히 소소한 사건들을 헤집으며 성냄과 웃음으로 하루하루 살아간다.

자유

　한낮의 햇살을 맞으며 거닌다. 밝은 기운이 온몸을 적셔주는 기분이다. 다리 아픈 줄도 잊은 채 이곳저곳 훑으며 눈요기에 한참 동안 시장바닥을 헤매기 시작한다. 가끔씩 지나던 길이건만 시야에 담기는 모든 것들이 생경스럽다. 그동안 갇혀 있던 우리에서 빠져나온 듯 가슴이 확 열리는 기분에 취해 들어가고야 말았다. 오늘따라 그 맛이 다른 이유가 왜일까.

　숨을 쉴 수 있다는 것이 자유였다. 그리고 온몸을 움직이며 볼 수 있다는 사실도 형용 못 할 만큼 커다란 자유였다. 분명 내가 건강하게 살아있다는 증거가 아니겠는가. 만약 몸이 불편하다면 이런 것들을 누릴 수 있었을까 하는 염려에 젖어 들어갔다. 단순하리만치 가장 가깝고 쉬운 생각부터 떠올리기로 했다.

　알게 된 것은 바깥세상에서 본 모두의 삶이 공평하다는 사실이었다. 더도 덜도 아닌 거기서 거기라는 이야기가 실감 나고 있다. 때로는 나만의 짐이 무겁다고 불평을 늘어놓기 일쑤였으며 훌훌 벗어던지고 싶었던 충동에 시달려 왔었다. 그래도 나름 다독이며 이탈하지 않았던 날들이다. 이제 와서 생각해 보니 지금 이 기분은 그때의 시간을 보상이라도 받는 것만 같다.

정신없이 살아왔다. 주변을 돌아볼 겨를 없이 앞만 보고 달려왔다. 남들처럼 모든 것을 여유롭게 누리며 살기에는 여건이 허락되지 않았다. 그래서일까. 이제 인생의 가을에 들어선 후에야 한가하게 돌아볼 겨를을 찾았으니 그나마 다행이지 싶다. 눈에 뜨이는 풀 한 포기, 발끝에 차이는 돌멩이 하나에도 의미가 있었으며 정감이 서려 있었다. 세상은 생각하기 나름으로 행복하기도 하며 불행할 수도 있는 곳이었다.

자유를 만끽하며 그 속에서 나를 다시 찾게 되었다. 세상의 테두리 안에서 여지가 없을 만큼 모두 열심히 살아가고 있는 모습들이 보면 볼수록 귀하게 다가왔다. 나도 그중에서 함께 물결을 타고 있었다. 그래서인지 오늘이라는 선물이 더욱 값지고 새롭기만 하다. 충분한 의욕을 일으켜 주고 있다. 작고 소소한 것에서 커다란 기쁨을 발견하게 된 셈이다.

나는 고립되지 않았다. 외롭지도 무겁지도 않은 날들을 꾸려가고 있었다. 그것은 내가 속해 있는 공동체 안에서 스스로 질서를 유지하며 합류하기에 애써온 결과였으리라. 더불어 스치는 어떤 사물에서도 인격체처럼 끈적임의 의미를 알게 되었다. 그런 마음을 품고 나니 돌아오는 발걸음이 한결 가볍다. 고개 들어 볼 수 있는 광활한 하늘과 땅, 호흡할 수 있는 무한의 맑은 공기만으로도 계산 못 할 만큼 고마웠다.

틈틈이 비우는 쪽을 택하리라. 조금은 손해 보며 살아갈지라도 그냥 지나치며 걸어가리라. 지나온 날, 때로는 아등바등하며 삭막하게 달려가던 자화상을 어찌 모른다 하겠는가. 그리 길지 않은 하루하루의 달력을 급하게 넘기면서 조금씩 빠져들던 허무감이 이제야 물러가는 기분에 다다랐다. 새로운 나를 만난 듯 반갑기만 하다.

지금 곁에 남아 있는 것들을 둘러본다. 화려하지는 않아도 제 자리에서 제 몫을 다하며 나를 웃게 하는 얼굴들이 고루고루 건재해 있다. 함께 늙어가는 옆 지기, 바라만 보아도 기분 좋은 자식과 또 그의 자식들, 우리는 아담한 꽃밭을 만들어 내고 있었다. 평범한 듯해도 그것이 나를 살게 하는 첫 번째 이유였다. 굽이굽이 세상 삶의 언덕을 넘을 때마다 밀고 당기며 성스럽게 지켜온 약속이기도 했다.

배려

매일 복용하는 약에서 눈길이 멎는다. 그동안은 대수롭지 않게 생각해 왔던 터인데 오늘따라 기분이 다르다. 작은 하트모양의 알약이 건강을 지켜주는 것에서부터 목으로 넘기기까지 세심한 배려를 담고 있었다. 어찌 이런 발상이었을까. 붉은 심장을 연상케 하는 모습에서 마치 누군가가 기도로 빌고 있는 것만 같아서였다.

배려를 눈으로 보게 된 것이다. 그날 이후 주변에서 지나칠 만한 것들을 관찰하게 되었다. 상업적인 것에서부터 흔하게 용도로 쓰일 만큼 많은 물건과 시설들이 불편하지 않도록, 위험하지 않도록 만들어졌거나 설치되어 있다는 사실을 알았다.

온통 세상은 그랬다. 그 가운데서 우리는 살고 있으며 모든 것을 누린다는 사실을 그동안 기억하지 못했다고나 할까. 갑자기 보이지 않는 손길들이 고마워졌다. 서로서로 배려가 지속되는 사회가 되길 바라면서 우선 나부터 무엇에든 작은 것 하나라도 실천해 보기로 마음먹는다. 가슴 한 자락이 따뜻해지는 기분이다.

배려 속에는 진심이 스미어야 한다. 지나칠 만큼 소소한 사건일지언정 살다 보면 흔히 접할 수 있다.

내 경우는 운전을 하면서다. 좁은 길을 가다가 사람이 지나가면 어지간해서는 경적을 울리지 않는다. 가까이서 그 소리에 놀랄까 봐 그렇다. 그런 연유로 남편에게 핀잔을 듣기 일쑤이다. 내 딴에는 그것도 작은 배려라 생각하기에 아주 급한 상황에서만 사용한다. 나도 누군가에게 이런 배려를 충분히 받으며 살고 있지 않은가 싶어서다.

가족 간에도 배려는 언제나 필요하다. 너무 편하게 여기는 탓에 상대의 마음을 헤아리지 못하고 자기주의를 고집하다 보면 마찰이 일어나기가 쉽다. 오랜 습관을 벗어내지 못한 일들로 인해 고역에 이르기도 하지만 나이 탓인지 이제는 차츰 무디어 가는 편이다. 그렇게 지내오다 보니 세상을 보는 눈이 조금씩 너그러워지는 것을 발견할 때가 있다. 한걸음 뒤로 물러나기도 하며 아예 눈멀고 귀먹은 것처럼, 가끔은 바보처럼 되기도 한다. 스스로 포기하는 것이 아니고 관대해지려 애를 쓴다고나 할까.

배려는 마음의 길과도 같다. 훤하게 보이거나 정확한 표시가 드러나지도 나지 않는다. 그저 은은한 여운만 남을 뿐이다. 어떤 상황에서 벗어나면 안 보게 될 사람이라도 함부로 대하지 않아야 할 부드러운 촉감까지 지녔다. 이런 일들이 많아진다면 얼마나 훈훈한 사회가 될지 생각해 본다. 부끄럽지만 그러나 나에게도 여전히 떠나지 못한 반목과 대립이 공존한다는 사실을 숨길 수 없다.

문득 그릇에 담긴 물을 들여다본다. 가득한 물과 밑바닥을 간신히 채운 작은 물이 비교되는 시간이다. 넉넉함과 부족함의 교차가 마음의 모양을 대변하고 있다. 그러나 한편으로는 시의적절하게 제 몫을 감당하리라 생각한다. 조금 모자라게 보인 들 어떻고 또 넘치도록 보인들 어떠랴. 타인의 입장에서 그것을 배려 있는 시선으로 둔다면 복잡한 상황에 이르지는 않기에.

일상에서 우리는 많은 배려를 옷과 같이 입으며 살고 있다. 그 사실을 쉽게 잊은 채 부정적인 견해를 가질 때가 많다. 눈에 보이는 것들이 전부가 아니었다. 세상에는 피부로 느낄 수 없을 만큼 숨어 있는 배려들이 무수하다는 것을 잊지 않고 지냈으면 좋겠다. 그런 사회 속에서 우리는 함께 살아가고 있다는 사실을 말이다.

chapter-5

육지 속의 섬

그는 분명 움직이는 섬이었다. 육지
라는 바다에서 표류하는 사람들의
심성을 잠시라도 돌아보게 만드는
불빛 같은 존재였다. 오히려 그를
통해 섬에 대한 신비의 경지를 탐하
고도 남음이 있는 기회였다. 비록
침대 위의 삶이지만 또렷한 눈과
귀, 마음까지 열려있다는 사실이 정
상인을 고개 숙이도록 만들고 있었
다.

　　　　　　　　　　　－본문 중에서

끈

전신주 밑 부분에 작은 끈 하나가 매달려 있다. 지나칠 때마다 눈길을 당기고 있던 터라 갑자기 그 용도가 궁금했다. 아마 자전거를 보관하기 위해 누군가가 매어둔 모양이다. 끈의 굵기나 길이가 약해 보여서 가위로 쉽게 절단하기 좋을 만큼이지만 지니고 있는 의미가 내게는 예사롭지 않았다. 작아도 큰 힘의 쓰임새를 보는 듯했다.

갑자기 머릿속을 관통할 만큼 커다란 생각이 스치고 있었다. 바로 내 처지가 저 끈과 조금도 다르지 않다는 기분이 드는 것이었다. 결혼이라는 굴레에 묶여 있는 상황이 이런 걸까 싶은 생각과 함께, 남편으로부터 지금껏 매여 왔으며 앞으로의 날들도 그렇게 살아야 한다는 무거운 심정에 빠져들어 갔다. 어찌 보면 성스럽고 지극히 당연한 일이거늘 자유롭지 못한 내 영혼에 대하여 측은한 반란이 일어나고 있었다.

때로는 서로가 끈의 역할로 인해 갈등을 겪어야 했다. 솔직히 말해서 나로서는 부부간에 좁혀지지 않는 문제가 생겨날 때 가장 힘들고 괴로웠다. 가까운 듯해도 멀게만 느껴지는 그런 순간이 많았다. 남편이 내게 쏟는 관심에 대해 남들은 사랑의 표현이라 말들을 한다. 하지만 나로서는 거북스럽다. 지나친 구속의 느낌이다.

부부의 인연이란 편하면서도 참으로 조심스러운 관계인 것 같다. 사람마다 약간은 차이가 있을 줄 안다. 살아온 연륜만큼 질기고 끈끈한 부분도 점점 늘어나기 마련이지만, 앞뒤 헤아리지 않고 함부로 대하다 보면 상처가 생겨나는 일은 다반사이다. 자칫하면 깨어지기 쉬운 그릇과도 같은 상황이 벌어진다.

첫아이가 세 살 무렵이었던 것 같다. 무슨 일로 싸웠는지 그날 우리 부부는 아이를 양쪽에서 당기며 뺏기지 않으려 난리를 치렀다. 결국은 내가 데리고 무작정 친정으로 갔다. 며칠이 지나서 남편으로부터 전화가 걸려 왔다. 수화기 너머로 제 아빠의 목소리를 듣고는 아이가 정신없이 울어대는 바람에 마음이 흔들리게 되었다. 아빠가 보고 싶다는 소리에 어쩔 수 없이 집으로 돌아왔던 일은 수십 년이 흐른 지금에도 잊히지 않는 사건 중의 하나이다.

끈의 용도는 물건만을 묶기 위한 것이 아니었다. 가족의 관계도 마찬가지라 생각한다. 이제 와 돌아보니 확실하게 나를 남편과 자식으로부터 묶어둔 최고의 도구로서 손색이 없을 만큼 단단한 모양새를 하고 있는 거였다. 무형의 끈이지만 절대적인 책임이 동반되어 있었다.

가족이란 명제, 또 다른 표현을 들라 하면 여러 갈래의 끈으로 만들어진 집이라 말하고 싶다. 모든 일의 조화를 위해서 필요한 구성요소로 이루어져 있는 집합체이기도 하다. 지금껏 살면서 남편과 지나친 의견에 충돌할 때면 주저 없이 끊어 버리고 싶었던 부분이 부부의 끈이었다. 끝내는 마음을 되돌려야만 했다. 보이지 않게 당기는 끈의 힘, 그 위력에 난 항상 약해져야 했던 것을.

나를 지배하고 있는 힘, 그 힘은 어떤 모양을 지녔는지 궁금하다. 손에는 잡히지 않는다. 오로지 가슴으로만 크기나 넓이를 측량할 수 있다. 그리고 모든 물건은 세월이 가면 차츰차츰 낡아지지만 가족의 인연은 절대 그럴 수가 없다는 사실을 다시 확인한다. 빛바랬다 해도 몸에 익숙한 의복과 같이 함부로 벗어 던지지 못하는 것처럼 그런 모양새로 애착을 지니며 살아야 하는 끈들의 숙명이기도 하다.

이제는 부부 사이의 끈이 어느 정도 느슨해졌다. 차라리 편하게 받아들이기로 했다. 서로 지기 싫어서 팽팽하게 밀고 당겨봐야 결과는 후회만 남는 것도 이제야 터득한 것 같다. 그렇게 사는 방법도 나만의 수월한 선택이었다. 하지만 자식만큼은 아니다. 아무리 늙어도 가슴에 밀착시켜 놓고 내려놓지 못하니 어쩔 수가 없다. 어미의 마음이란 그런 것인가 보다.

씨앗의 터전

언제쯤 저곳에 자리를 잡았단 말인가. 겨우내 밀쳐 두었던 화분에서 파란 싹이 돋아나고 있었다. 미처 흙을 쏟아내지 않았기에 다행이다. 참 용케도 살아내고 있구나. 하루가 다르게 제 모양을 갖추기 시작하더니 화분 전체를 영토 삼은 듯 넉넉한 표정까지 짓는다.

흔하디흔한 민들레였다. 보통 척박한 곳에서 볼 수 있었건만 저렇게 좁은 화분에다가 둥지를 틀었으니 어차피 화초 하나 키우는 셈 치고 눈길을 주기로 했다. 그러던 중 이제는 잎이 화분 언저리를 넘고야 말았다. 나는 그저 바라만 볼 뿐 물을 주거나 어떤 보살핌도 하지 않는다. 무성히 변해가는 모습에서 삶의 의욕을 탐구해 낼 뿐이다.

문득 내가 살아가는 터전을 생각해 보았다. 태어난 곳은 아니지만 결혼해서 자식 낳고 지금껏 여기에 살고 있으니 고향과 다를 바 없다. 남편 역시 마찬가지이다. 아마 죽을 때까지 떠날 일은 없을 것 같다. 잠재적으로 내 안에 묶어 두었던 생각이 평생을 가도록 만든 것은 그만큼 삶의 터전이란 중요한 부분이라 판단했기 때문이다. 그 점에 대해서는 사람에 따라 조금씩 다르겠지만 유독 우리 집은 예외가 되고 있다

어린 시절 살던 곳은 집성촌이었다. 온 동네가 같은 성씨를 지니고 있다 보니 타성他姓인 우리 형제들은 가끔 불리한 상황에 처하는 일이 있기도 했다. 그래도 우리 부모님은 여러 남매를 낳고 아주 단단하게 뿌리를 내리며 살아내셨다. 당연히 자식들도 그 영향을 받아 친구들과 잘 적응하며 지내왔다. 그 점이 지금에 와서는 내게 플러스로 작용을 해 준 것 같다. 조금은 불리한 상황에서도 어울리는 법을 일찍 배운 셈이라고나 할까.

웬걸, 결혼해서 이곳에 살다 보니 그때와 별반 다르지 않음을 느꼈다. 남편 역시 고향을 떠나 객지에서 자리를 잡았기에 매사가 수월할 수 없었다. 흔히 질기게 이어지는 학연, 지연, 혈연관계 같은 것들이 때로 우리에게 고립감을 주기도 했다. 스스로 판단한 기우였는지 모르지만.

열심히 사는 수밖에 없었다. 자식에게는 절대로 나와 같은 느낌을 받지 않도록 신경 쓰며 살아야 했다. 방법은 삶의 터전을

옮기지 않는 거였다. 혈연은 그렇다 하더라도 지연과 학연만큼은 채워주고 싶었다. 그러다 보니 지금 살고 있는 곳이 완전한 우리의 고향이 된 셈이다. 남들이 보기에는 미미한 사건이겠지만 곁에서 분가한 아들을 보더라도 이제 그 점에 대해서는 걱정일랑 안 해도 될 듯싶다. 더구나 며늘애를 토박이로 맞이했으니까.

민들레의 포자는 바람에 40km를 날아간다고 한다. 눈으로 볼 수 없는 씨앗의 자생력은 정말 대단하다. 단독주택인 이 층까지 날아든 여정을 보더라도 놀라지 않을 수 없다. 그 광경은 내게 하찮은 사건이 아니었다. 방관자인 듯해도 날마다 관찰하고 말 없는 응원을 보내기까지 한다. 가까이에서 느낄 수 있는 생명의 용트림이 경이로울 뿐이다.

지닌 꽃말이 감사라고 하던가. 새롭게 터득한 것은 나 역시 감사의 물결에 휩쓸리며 살아가는 마음이다. 홀씨 같았던 인생의 여정, 돌아보니 혼자가 아니었다. 안착한 토양의 양분이 나를 품어 주었던 것이다. 그것은 바로 부대끼며 살아온 이웃들이 모든 생육에 필요한 바람과 공기처럼 고마운 존재들이었다. 아무리 작은 식물이라도 뿌리 내리며 사는 곳이 영광스러운 자리로 보이듯 마찬가지 내 자리도 그러했다.

이제 내 인생에도 고즈넉한 가을이 내려앉고 있다. 홀씨처럼 날아와 자리 잡은 이곳, 사방을 둘러볼수록 낯익은 풍경들로 온화하다. 그곳으로 걸어 다니는 발걸음이 점점 가볍다. 세상을 향해 열린 눈과 귀가 자꾸만 유순한 방향으로 내닫는 것만 같다. 내 안의 다른 내가 수직과 수평으로 만나는 것이 아니었다. 적당한 거리를 두고 완만한 곡선을 그리며 가다가 어디쯤에서 자연스럽게 하나의 마음이 되어 호흡하는 모습이다.

문득 세상이 거대한 화분 같다는 생각이 든다. 그 안에서 모두 제자리를 차지하며 아옹다옹 살고들 있다. 눈에 보이지 않는 삶의 조건들이 하나하나 떠오를 때마다 새롭기 그지없다. 부족하면 부족한 대로, 넘치면 넘치는 대로 저마다의 몫을 다 하는 듯해서 소중키만 하다. 나도 분명 그런 길을 걸어왔으리라. 화려함은 원치 않는다. 조심조심 균형을 지키며 자연스럽게 소진되어 가는 한 포기 풀꽃처럼 살고 싶다.

골목 사이로 바람이 인다. 나와 함께 동거하는 민들레가 오늘따라 더욱 싱그럽게 초록의 기운을 내뿜고 있다. 작은 화분에서 새로운 삶의 열정을 발견한 기회였다고나 할까. 잠시 속삭이는 소리가 들려온다. 낮은 마음, 감사의 마음이 내일로 이어지는 영원한 축복이라고.

육지 속의 섬

그가 노래를 부르기 시작했다. 침대 위에서 어눌한 소리로 흘러나오지만 어떤 내용인지는 휴대폰이 들려주는 가사 때문에 알 수가 있었다. 시선이 그에게로 고정되면서 빠져들어 갔다. 감동은 몸짓과 눈빛에서부터였고 후렴구까지 지난 후에는 조용한 박수를 아낌없이 보내주어야 했다. 엄지척마저 해 주었다. 그의 눈빛은 맑은 하늘이었고 고요한 파도가 일렁이는 듯했다. 내가 여기 있다고, 살아 있다고, 간곡히 외치고 있는 모습이었다. 아낌없이 보여주는 생명의 환희였다.

찡한 가슴을 무엇으로 다 표현할까. 짧은 인연이지만 간병인으로부터 전해 들은바, 희귀병으로 성장이 멈춘 서른둘의 남자란다. 누워서 생활하기도 모자라 먹는 것과 배설하는 것까지 다른 사람의 손을 빌리지 않고는 살아갈 수 없는 처지였다.

처음 보았을 때는 열 살 정도의 남자아이로 생각했다. 맞은편에 누워 있는 병상의 남편도 나와 같은 눈치였다. 그렇게 우리는 아무 말이 없어야 했고 간간이 이어지는 괴성에도 병실 안의 사람들은 거북한 느낌조차 전혀 갖지 않았다. 그 풍경은 조용히 흘러갈 뿐이었다.

노래는 독특하기까지 했다. 온몸을 뒤틀며 따라 부르는 노래는 젊은 층이 좋아할 발라드풍의 대중가요였다. 무슨 뜻인지는 음의 고저를 표현할 때 조금씩 이해하기에 이르렀다. 누워서 살아가고 있지만 풋풋한 심정을 노래로 들려주고 있었다. 모두들 귓전을 기울이며 응원을 이어갔다.

하마터면 눈물이 날 뻔했다. 노래가 한 편의 절규로 다가오는 듯해서였다. 애절함을 지나 간곡한 자기애를 보여주는 순간이라고나 할까. 한 인간이 지닌 존엄을 가까이에서 확인하는 충분함도 모자라기만 했다. 그러나 조금은 다른 생각이 들었다. 그가 지금 행복해서 노래를 부르고 있을지도 모른다는 편안함이 내 마음을 바꾸어 놓았던 것이다.

간병인이 짧은 설명을 이어갔다. 엄마가 집에서 스물일곱까지 보살피다가 시설에 맡긴 지는 오 년이 흘렀다고 한다. 이렇게 시작된 그와의 만남은 남편이 입원하는 동안 짧게나마 지속되었다. 나도 모르게 가슴 한쪽이 아파왔다. 정상인과는 너무 다른 그가 육지 속의 섬과 같다는 생각이 들어서였다. 이것이 기우였을까. 잠시 후 내 눈에 전해온 고립감과는 다른 점을 발견했다. 항상 웃는 얼굴을 보면서 어쩌면 그가 사는 섬에서는 왕좌 못지않은 자리를 지키고 있을 것 같은 의연함을 느꼈기 때문이다.

눈으로 말하고 있었다. 알 수 없을 만큼 맑고 깊은 눈빛으로 사람들을 끌어들이는 표정이었다. 그러기에 틈만 나면 다가가서 곁을 주어야 했다. 그는 분명 움직이는 섬이었다. 육지라는 바다에서 표류하는 사람들의 심성을 잠시라도 돌아보게 만드는 불빛 같은 존재였다. 오히려 그를 통해 섬에 대한 신비의 경지를 탐하고도 남음이 있는 기회였다. 비록 침대 위의 삶이지만 또렷한 눈과 귀, 마음까지 열려있다는 사실이 정상인을 고개 숙이도록 만들고 있었다.

역경에 처할 때가 많았다. 나만의 몫이 항상 작으며 고난의 무게가 무겁다고 여기기 일쑤였다. 고립의 경지가 싫었고 피하려 안간힘을 썼던 날들이 떠오른다. 장애인을 두고 이런 생각을 하는 자체가 미안할 뿐이다. 지나친 관조를 떠나 현재라는 청년 시기에서 그도 자기만큼의 즐기고 싶은 의지가 있으리라 짐작하면서다. 다만 어떤 도움도 건네지 못한 채 말없이 웃어주어야 하는 내가 그의 앞에 서 있을 뿐이었다.

그가 입원하고 며칠이 흐르고 퇴원해야 했다. 그가 갈 곳은 시설이다. 건네는 인사에 그저 잘 가라는 손짓밖에는 아무 말도 할 수 없었다. 한 시대를 품고 가는 생명의 존엄은 다 같을진대 육지 속의 섬으로 살아가는 그에게 어떤 위로를 보태야 할지 뿌연 생각뿐 말이 나오지 않았던 것이다.

　세상은 많이 변했다. 육지의 사람들도 대부분 섬의 존재를 따뜻하게 인정하며 살아가는 실정이다. 어깨를 내어주는 여유도 볼 수 있다. 나부터 그래야만 한다는 것을 안다. 지금도 사라지지 않는 그의 눈빛이 저만큼에서 어른거리고 있다. 그동안 잠시나마 침잠되었던 내 삶을 들여다보게 하는 계기가 되었고 하루하루를 새롭게 해 주었다. 자기 의지대로 움직이지 못하는 청년을 통해 섬과 육지의 상생을 떠올렸다.

일개미의 여정

한낮의 집 마당이다. 가득 쏟아 내리는 볕을 머리에 이고서 아래를 내려다보던 순간 무엇엔가 시선이 고정되고 말았다. 작은 개미 한 마리의 부산한 움직임 때문이다. 외로운 사투라고 해야 하나, 제 몸의 덩치보다 몇 배나 큰 물체를 옮기느라 정신이 없어 보였다. 무거워서 잠시 쉬었다가 또다시 낑낑대며 어디론가 향하는 모습이란 영락없이 사람과도 같았다. 나도 모르게 영차 소리를 토해낼 뻔했으니 어쩌면 좋으랴.

자리를 뜨지 않고 한참을 그곳에 있었다. 그리고 그동안 생각지 못했던 개미들의 생태를 떠올려 보았다. 지금 내가 관찰하고 있는 개미는 일개임이 분명해서다. 여왕개미는 어디엔가 자리를 굳힌 채 병정개미와 일개미들의 호위를 받고 있으리라 짐작이 간다. 작은 곤충이지만 그 영역에서 각자의 일 분담과 자신에게 주어진 몫을 감당해 가는 절도를 본 셈이다.

그날은 그렇게 한낮이 흘러갔다. 그런데 하루 일과가 맞물려 가는 지점에서까지 내내 일개미의 여정이 머릿속을 궁금하게 만들고 있었다. 내가 일개미와 별반 다르지 않다는 푸념이 가슴 밑바닥에 채워져 있었나 보다. 그동안 고단했던 내 작은 육신이 잠시라도 위로받고 싶어서였을까, 아니면 벗어나기 힘든 삶의 현장에서 토해내는 미세한 독백이 이어지고 있었던 걸까.

결혼해서 지금껏 수십 년을 음식업이란 틀에서 벗어나지 못하고 있다. 더구나 코로나라는 난제와 물가 상승 등 여러 이유로 가족 체제로 운영하는 실정이다. 남편과 함께 나이로 보아서 은퇴란 말이 무색치가 않지만 다른 시각으로 본다면 자영업의 특색이라고들 한다. 그런 면에서는 또 다르게 일터에 대한 감사를 쏟아내기 일쑤다. 그러다가도 어쩔 수 없이 틈새로 밀려드는 피로감은 제어하기가 힘들다.

자식들도 모두 출가시키고 마음 가벼운 시간에 이르렀다. 한편으로는 편안한 기분도 든다. 아직은 현장에 나가서 일해야 하지만 그 편안함을 더욱 충족시키기 위한 자구책이라며 합당한 논리를 펼 때가 많다. 심신만 건강하면 조금 더 감당해 갈 수 있다며 주변 사람들이 독려해 올 때는 나도 모르게 새로운 에너지가 솟으니 참 이상도 하다. 그렇다. 나는 일개미였다. 세상

밖으로 나와서 항상 먹잇감을 날라야 하는 그런 입장이었다.

일개미에게도 상리공생이 있기에 저리 부지런할 터이다. 그 과정은 내 삶과 너무도 비슷했다. 외롭고 힘겹다 느낀 나날 속에는 확실히 살아야 할 이유가 있었기 때문이었다. 바로 가족이라는 틀, 엄마의 길을 메워가기 위한 절대적인 소명 아래 서야만 했기에 가능했으리라. 그것은 어떤 조건을 나누기보다 내 앞에 놓인 무게를 감당해야 할 사랑의 힘이 아니었을까 싶다. 돌아보니 나 아닌 모든 사람도 그런 모습으로 살아간다는 것을 확인하게 되었다.

나는 보았다. 끊임없이 내 안에서 생성되는 어떤 힘을 보았다. 저리 작은 허리로 큰 먹이를 옮겨가는 개미에게서 부지런한 철학을 내 것인 양 가슴속에 가두어 두기로 한 것이다. 단순하다 여겨도 개의치 않으려 한다. 등 뒤의 짐이 무겁다 느껴질 때마다 일개미들의 여정을 떠올리면서 다시 일어나는 자세를 배우기 때문이다. 쉬기를 반복하며 짐을 옮기던 개미는 지금 어디쯤에서 숨 고르기를 하고 있을지 궁금해진다.

등불

    달빛이 감나무의 가지 사이사이에 그물처럼 걸렸다. 어디선가 본 것 같은 아득한 그림자들마저 나를 내려다보고 있다. 깊어가는 가을밤의 풍경은 그렇게 애달프게, 한 편으로는 벅차오르도록 만들어 놓는다. 한낮을 비껴온 밤공기마저 따스함으로 변해가기 시작한다.

    주홍빛 감이 지금의 내 눈에는 등불로 다가왔다. 아프지 않은 화살 하나를 가슴에 던져주고는 지긋하게 자리를 지키고 있는 형상이다. 그야말로 초롱초롱한 자태이다. 이끌리는 느낌 속으로 빠져들어 가면서 그 자리를 벗어나지 못한다.

    감은 점점 밝기를 더하고 있다. 어찌 보면 나를 호되게 지키는 것 같기도 하며 조용하게 부르는 소리인 것도 같다. 그 근원이 어디서부터일까, 또 누구 때문일까, 하며 달빛을 향해 시선을 고정하면서 묵언의 시간에 이른다.

왈칵 눈물이 쏟아져 내린다. 잔재한 슬픔이 아니라 뜨거운 회한의 솟구침이다. 과거로부터 현재까지의 내 존재에 대한 성찰의 시간이 빚어지고 있다. 원초적 본능의 울림을 따라 부모님이 떠오르는 거였다. 봇물과 같은 그리움이라고 해야 하나.

올망졸망 여러 형제 틈에서 자라났다. 작은 텃밭에는 감나무도 식솔처럼 서 있던 시절이다. 가난이 불편한지도 모르며 살아왔다. 어느 집이건 누구나 할 것 없이 시대적 상황은 마찬가지였으리라. 추웠던 기억도 쓰렸던 기억도 등불 아래 흩어져서 이제는 까만 밤과 함께 사라져간 지 오래이지만.

감을 보자니 부모님의 얼굴이 더욱 선명하다. 음성조차 귓전에 가깝다. 세상천지 부모님의 은혜만큼 넓고 깊은 것이 어디 또 있겠는가. 문득 입가에서 학창 시절에 익혔던 시어 하나가 맴돌기 시작한다. 조선 시대의 시인 박인로가 읊은 조홍시가가 지금 이 상황을 너무도 명명하게 설명하고 있기에 그렇다. 부모님께서 살아생전 기다릴 수 없는 시간이 지난 다음에야 아무리 후회한들 부질없다는 그 사실을 뼈저리게 확인하고야 말았다.

달빛을 입은 감이 부모님의 형상이었다. 가을밤에 등불로 찾아오셨다는 생각에 젖어 든다. 지금껏 세상사는 동안 힘든 일을 만나도 쓰러지지 않도록 지켜주신 은혜에 감사를 거듭하면서 그림자를 좇아 존경을 표한다. 앞서가시며 밝힌 생의 길목이 저 달빛과 조금도 다르지 않았기에 잔잔한 독백은 그렇게 이어져만 가고 있다.

어느덧 내 인생도 노을빛에 이르렀다. 이제 시간을 아끼며 밝은 길로 걸음을 내딛고자 노력한다. 지난 했던 생의 길목이었지만 혼신을 다해 살아내셨던 부모님의 자취가 오늘따라 더욱 또렷하다. 달빛과 어우러진 감이 현실 속의 상황처럼 지금의 내 가슴속을 넓히기까지 한다.

감이 더 밝은 등불로 다가오는 가을밤이다. 내가 주관해 가는 삶이라지만 영혼 깊은 곳에서는 부모님이 언제나 옳은 길로 인도하고 계셨다. 이 모양 저 모양 부족했던 효가 고개를 숙이게 만들고 있다. 조롱조롱 주홍 감은 그래도 따뜻하게 나를 내려다본다.

흔적

바람이 지나간다. 낙엽은 그 뒤를 가볍게 따라가며 흔적이란 바로 이런 것이라는 표현을 거들고 있다.

굴러가는 낙엽을 바라보다가 지금의 내가 지나온 자리에는 어떤 흔적이 남아 있을까 돌아본다. 조심스럽게 고개를 기웃거리며 헤아려 볼 것이 많기도 하다. 동공은 확장되고 가슴이 두근거린다. 이야기가 하나둘 떠오르는 동안 아쉬움과 후회, 미련 같은 것이 밀려들고 있다. 언제였나 싶게 세월의 시속을 실감하면서 멈추어 설 수 없는 입장에 이른 것도 함께 애달파 한다.

세상을 내 뜻대로만 살아갈 수는 없다. 돌아보건대 나 자신도 자의와 타의로 뒤섞인 생의 줄기가 때로는 고난이었으며 열병과도 같은 것이었다고 나직이 고백한다. 차라리 거친 파도 위였으면 어디론가 휩쓸려서 떠내려가기라도 했으련만 생각해 보니 아니었다. 발목만큼 얕은 강가의 물결을 거치면서 쏟아내는 푸념이라고나 할까, 바로 그만큼이 내 삶의 몫이었던 것을 이제야 인정하게 된 셈이다. 다행인 것은 그래도 사이사이 실금으로 새겨진 파안의 미소가 있었기에 오늘의 나를 살게 했다고 깨닫는다.

어찌 보면 참 단순하고도 무디었던 나였다. 차라리 다행이었다. 결혼이라는 끈으로 이어온 날들은 그런 내가 될 수밖에 없었던 것을 부인하지 않겠다. 어차피 가야 할 길이라면 벗어나서는 안 될, 끝까지 힘을 내야 하는 그런 입장 때문이었다. 정말 당연한 몫이라고 받아들이며 살아왔다. 그만큼 엄마가 되었다는 사실은 모든 것을 맞서서 감당해야 할 대담함이 필요했다. 희미하나마 그렇게 남아 있는 흔적들은 아직도 기억의 창고에서 켜켜이 쌓여 가끔씩 나를 흔들 때가 있으니 어쩌면 좋으랴.

내 아이가 나보다 더 어른으로 보이는 시간이 되었다. 시선은 조심스러워지기 시작했고 한때는 격 없이 건네던 말에도 조율이 필요한 것까지 터득한다. 이제는 전과 다르게 여러모로 주의를 해야 하는 시기가 되었던 것이다. 그것이 가족의 반경에서만 용납되어야 하는 일들만은 아니었다. 주변에까지 물 흐르듯 그런 마음이어야 했다. 스스로가 좋은 흔적으로 남길 바란다면 우선 삶 속에서 빚어내는 습관부터 중요한 것을 알게 된 셈이다. 어떤 물체든 결이 고와야만 한 번이라도 손이 가는 것처럼 당연한 일이었다.

내가 걸어온 흔적은 완전한 풍경과는 거리가 멀다. 어딘지 모르게 엉성하고 채색이 덜 된 그림과도 같은 모습이다. 생의 마당에서 돌아본 지난날들이 이렇게 미흡하다는 사실을 감출 수가 없다. 이제 와 안타까워한들 소용이 없는 노릇, 왜 그때는 그랬을까 하며 자책에 빠져든다.

제일 먼저 고개 드는 이야기는 시부모님이나 친정 부모님께 무심코 했던 행실들이다. 그 점이 가장 부끄럽다. 아무리 자신을 합리화시켜 보지만 정당하지 않았던 일들이 밀려와 개운치가 않다. 삶의 주축을 이루는 가장 근본인 효孝에 대해 마음 쓰지 못한 불효가 제일 큰 흔적으로 남아 있으니 지울 수도 없는 노릇이다.

생전의 부모님들은 내색하지 않으셨지만 얼마나 서운하셨을까. 공공연히 나는 빚진 것이 없다며 갚을 일도 또한 없다고 입버릇처럼 쏟아내고는 했었기에 그렇다. 참 대담하고도 설익은 과일처럼 빗나간 맛을 지녀왔음이 분명하다. 그러다가 내 자식이 그때쯤의 내 나이가 되어버렸다는 사실에 놀라고야 말았다. 나도 모르게 쌓여있던 격한 감정이 저만큼 스러져 가고 있었나 보다. 부족하고 못나기만 했던 내 뒤로 폭넓게 다가오는 아들

내외를 보며 자신을 돌아보는 계기가 된 것이다.

걸어온 길을 뒤로하며 이제라도 하나씩 다듬으려 애쓴다. 멈춰있는 내 모습이 무척이나 왜소하다. 시간이라는 존재는 그렇게 그림자로 남아 애꿎기까지 한 것을 어찌 다 설명해낼까. 누구에게나 감정의 질량은 잠재해 있다. 그것이 크든 작든 소중하다는 것을 이제야 가늠한다. 철이 들어가고 있다는 사실이 분명했다. 거기서부터 마음의 키가 자라나며 세상을 바라보는 눈도 밝아져 가고 있었다. 그만큼 보이는 것뿐 아니라 생각의 마당을 넓혀가는 일이 중요했다. 어느새 부모를 거쳐 조부모가 되었으니 정말 남은 인생이 조심스럽기까지 한 것을 한순간에 소리 없는 메아리로 받아들인다.

내게 허락되었던 생의 길이를 곰곰이 돌아본다. 저만큼 지나간 길 위에 보이는 흔적들은 연습을 치르지 않고 보낼 수밖에 없었던 서툴기가 그만인 모양새이다. 그렇지만 어쩌겠는가. 이제라도 또박또박 남은 길을 가면서 내 뒤에 따라올 그림자는 어떤 모습으로 남을지 생각해 볼 필요를 갖는다. 내가 지나간 흔적 위에 손톱만큼의 향기라도 스며들기를 간절히 바랄 뿐이다.

돌아보니 부모님의 시대 상황은 굴곡이 많았다. 이만큼 발전한 세상을 우리가 사는 것도 먼저 가신 분들의 노고라는 것을 인정한다. 누구나 똑같을 수는 없지만 내 반경에서 깨달은 고마움이다. 삶이 힘들다고 여길 때 애꿎게끔 엇박자로 바라보았던 부모님의 생애가 이제야 옳은 길이었음을 시인한다. 가슴에 등불 하나가 점점 밝아오는 중이다. 그동안 보이지 않았던 빛의 자양분이 오늘의 나를 살게 했던 것을 왜 이제야 터득했을까. 엄하고 근면하셨던 성정을 왜 그때는 이해하지 못했을까. 그런 부모님의 흔적을 훈령으로 받아들이며 오늘도 새로운 나를 향해 정한 마음 품고 간다.

물의 소리

장마가 시작이다. 연일 매스컴에서 쏟아내는 소식에 마음을 졸인다. 비가 와서 불편하다기보다는 그로 인해 발생 되는 피해가 걱정되어서다. 시뻘건 물이 사람을 위협하는 광경에서는 진노한 폭군이 따로 없다. 불안하고 무섭기까지 하다. 적당함을 넘어선 거침없는 장마의 흐름을 보며 인간은 자연 앞에 나약한 존재였다.

메마른 대지를 적시어 줄 단비는 반갑기만 하다. 어릴 때는 비가 내리면 그저 좋았다. 어른이 된 후로는 그런 낭만보다는 현실에 와 닿는 문제를 피부로 느끼지 않을 수 없다. 사람을 살리기도 하고 죽이기도 하는 물이 아니던가.

물은 인간에게 필수적인 요소를 지녔다. 갈증이 일어날 때 시원하게 목을 축여 주는 맛있는 물은 무엇과도 비교할 수 없을 만큼 짜릿하다. 또한 생활과 관련된 여러 용도로 쓰임새가 귀할 뿐더러 부족함에 이른다면 불편하기 그만이다. 이렇게 귀한 물을 사용하면서 때로 소홀할 수가 있다. 무의식적인 습관에 젖어 함부로 낭비하며 살고 있으니 언제까지 우리 곁에 머물러줄지 생각해 보아야겠다.

꽤 오래전 어느 분의 얘기가 떠오른다. 당신의 며느릿감을 대중목욕탕에서 고른다는 조금은 생경한 표현을 듣게 되었다. 가볍게 웃었지만 물을 아끼고 귀히 여기라는 뜻으로 받아들였다. 그분의 말이 지금도 귓전에 새롭다. 사람들이 혼탁하게 하여 아파하는 물의 소리에 귀 기울일 때이다. 지구촌 곳곳에는 물이 부족하여 고통받는 민족을 보았기 때문이다. 거기에 비하면 우리는 얼마나 풍요로운 삶을 누리고 있는지 돌아보며 감사해야 한다.

어릴 때는 우물물을 먹었다. 밤새 고여 있던 우물물을 두레박으로 길어 올리던 그 아침은 아직도 맑은 추억으로 자리 잡아 있다. 그렇게 물로 인한 정서는 돌아볼수록 그윽하기만 하다. 먹는 물은 공동우물에서 길어야 했고, 빨래할 때면 얕은 시냇가를 찾아서 했던 풍경이 더욱 짙은 향수에 젖게 한다.

식수를 사 먹는 시대에 이르렀다. 이제 곁에서 무한정 공급되는 물이 아니라는 것을 누구나가 인식해야 할 시점이다. 깨끗한 물은 점점 제한되어가고 있다. 생활 속에서 지나치게 사용하는 갖가지 세제들로 인해 하천의 생태는 파괴되고 있으니 너 나 할 것 없이 모두가 원인 제공자인 셈이다. 편리함과 동시에 뒤따르는 피해가 커져만 가고 있다. 우리 스스로가 만들어 내고 되돌려 받는 현실 속에 살아가고 있다는 것을 돌아보며 다시 한번 물의 소중함을 깨닫는다.

물의 역할과 쓰임새에 대해 깊은 의미를 짚어본다. 오염된 하천과 혼탁한 마음까지도 정화 시키는 속성에 대하여 귀한 보물임을 강조하고 싶다. 가끔씩 삶이 복잡할 때면 물처럼 흐르며 지내고 싶었다. 모든 것에서 벗어난다는 의미가 아니었다. 물과 같이 자유롭고 초연한 상태로 돌아갔으면 좋겠다는 바람이었다.

남아 있는 고마운 물이 아직 곁에 있다. 이제 우리 모두를 위해, 또 후손을 위해 물을 보호하고 사랑해야 하는 절실함으로 살아갔으면 좋겠다. 우선 생활 습관부터 여러 가지에 걸쳐 고칠 부분이 많기도 하다. 물과 사람의 관계를 떨어져 생각할 수 없는 상황을 돌아보면서 반드시 고마운 응대를 해줘야 하지 않을까.

주거의 변천

   요란한 새소리가 귓전에 가깝다. 주변에서 흔히 볼 수 있는 참새들의 요란한 움직임 때문이다. 당연히 머무는 집은 나뭇가지 사이거나 덤불 속에 있으려니 짐작하던 터였다. 그런데 아니었다. 활개 치며 날아오르는 곳이 커다란 교각 사이로 옮겨가기에 관심을 쏟게 된 것이다.

   상상외였다. 집을 교각의 상판 틈 사이에 두고서 드나들고 있었다. 그것도 여러 마리가 이곳저곳 나란히 집을 마련한 듯싶었다. 마치 아파트 베란다를 둔 것처럼 말이다. 그제야 궁금해하던 실마리를 풀 수 있었다. 그곳을 유심히 올려다보며 어쩜 저렇게 영특한지 고개가 저어질 정도였다. 비가 와도 눈이 와도 젖어들지 않는 안전한 콘크리트 집을 두었으니 놀라울 뿐이었다.

   문득 지금까지 내가 살아온 집의 형태가 떠오른다. 저 멀리

태곳적부터 시작된 사람들의 주거 형태까지 얕은 지식으로 함께 되살아나고 있다. 누구나 아는 사실이지만 사람이 살아가는데 편리하고 쾌적하기 위해 발전해 온 역사가 지금 우리의 현실을 말해주고 있어서다. 집이란 그렇게 삶 속에서 중요한 부분을 차지하고 있다는 이유가 새롭기만 할 뿐이다.

내가 태어난 집은 초가집이었다. 지금은 민속촌에서나 볼 수 있을 만큼의 기억으로 자리 잡았다. 오늘날의 아이와 젊은 세대들은 보는 것만으로도 생소할 것이다. 현대화된 주거에서 한 조각의 추억이라고 할 만큼 그때를 돌아보노라면 따뜻한 잔영들의 물결이 가슴에 밀려드는 것을 막아낼 수가 없다. 훠이훠이 양손을 저으며 달려가는 꿈을 꾸기도 한다.

집에 대한 기억의 조각들은 참 고즈넉하다. 겨울날 처마 끝에 매달린 고드름은 어떤 조형물보다도 특별한 느낌이 되어 눈길을 잡아두고는 했다. 아이들의 훌륭한 놀이도구가 되기도 했던 추억이 새롭다. 해 질 녘 뒷산에 올라 내려다보던 마을의 풍경도 잊을 수가 없는 한 폭의 수채화라 하겠다. 그중에 인상이 깊었던 것은 이집 저집 몽실몽실 피어나던 굴뚝의 연기다. 이제는 아스라한 그림으로 가슴에 남아 있을 뿐 인화되지 않는다는 아쉬움만 깊게 자리를 편다.

또 하나 바람 부는 날이면 문설주에 매달려서 윙윙대던 문풍지 소리가 아직도 귓전을 자극해 온다. 때로는 울음소리로, 때로는 노랫소리로 어린 나의 감성을 일깨워 주고는 했다. 햇살 환해지면 문고리 가까운 창호지 속에 가두어 둔 울안의 꽃이 다시 피어나 평화를 주던 모습은 참 따뜻한 기억으로 남아 있다. 그렇게 가슴 밑바닥 잠재한 모든 것들이 문득문득 그리움을 몰고 와서는 오늘의 나를 돌아보게 한다.

바람과 햇볕은 공간을 초월하며 드나든다. 살아 있으매 누구에게나 공평하게 피부에 닿아 만질 수 있게도 하고 느낄 수 있게도 해 준다. 삶의 의욕과 희망을 몰아오기에 충분하다. 그리고 각자의 자리에서 빚어내는 모양과 크기도 다르다는 것까지 받아들이게 된다. 이렇듯 함께 어우러진 자연과 사람에게도 공통점이 있다는 것을 발견했다. 다만 더디 알았을 뿐이다. 안전을 위해 지혜로이 교각 밑에 둥지를 튼 참새에게 한 수 배우는 하루였다.

잃어버린 집

아침마다 요란하다. 여전하게 즐거움의 노랫소리로 듣다가 이내 심각한 눈으로 바라보고야 말았다. 집 앞 전깃줄에 앉아 있는 제비 때문이다. 얼마 전까지만 해도 이웃집 추녀 밑에는 여러 채의 제비집이 있지 않았던가. 바로 그것이 문제의 발단으로 추측이 가고 있다.

신기할 만큼 크고 작은 집들이었다. 연립주택처럼 나란히 기술도 좋게 둥지를 만들어 놓고서 드나드는 것을 보던 터이다. 그리고는 이웃한 그 집의 주인이 바뀌어 버린 사실을 의식하지 못했었다. 집수리하면서 무참히 제비집은 철거가 되고야 말았던 것이다. 지금 저렇게 주변을 맴돌며 울부짖는 소리를 듣고서야 그 이유를 알았다고나 할까.

한겨울을 보내고 돌아오니 살던 집은 흔적 없이 사라져 버렸다. 제비들이 얼마나 황당했을지 짐작이 가고도 남는다. 주위를 맴도는 것도 지나칠 만큼 날갯짓이 불안해 보이기까지 하다. 평소에는 노래로 들리던 소리가 이제는 안타까운 울음과 함께 처절한 호소력이 담긴 듯해서 눈을 뗄 수가 없었다.

얼마 전 전 국민을 놀라게 한 산불 소식이 아직도 진행형으로 남아 있다. 하루아침에 집과 재산을 잃어버린 주민은 허망함에서 벗어나려 얼마나 애를 쓰고들 있을까. 저 제비와 다르지 않다는 생각이 자꾸만 파고든다. 더불어서 우리가 살아가기 위한 필수적인 집에 대해 의미를 떠올리게 되었다.

습관처럼 아침이면 전깃줄에 매달린 제비를 바라본다. 떠날 수 없는 옛집을 그리워하는 모습이다. 아니면 다시 지을 집터를 물색이라도 하는 듯하다. 문득 담장 하나 사이를 둔 우리 집 추녀 끝을 살피게 된다. 제비에게 말을 건네듯 남편과 함께 중얼거렸다. 새로운 집을 마련한다면 우리 집 처마 끝에 지어도 된다고 속삭여 주었다. 듣는 둥 마는 둥 실컷 울다가는 어디론가 날아가 버린다.

재난은 항상 우리를 따라다닌다. 언제 어디서 우리에게 엄습해 올지도 모를 일이다. 불시에 당하는 상황이 되어도 다시 일어나 살아야 하는 현실을 맞이한다. 이제 제비도 어디엔가 새 둥지를 마련하느라 바쁠 터이다. 하지만 살던 곳을 못 잊어 한 바퀴

비행하듯 다녀가는 모습이 무척이나 인상적이었다.

좌절 중에도 끝내 잃지 않아야 할 것이 있다면 무엇일까. 마음의 집으로부터 육신의 집이 아닐까 싶다. 마음이 황폐해지고 무너지기 시작하면 걷잡을 수 없이 육신의 집도 무너지기에 십상이라 생각한다. 그래서 하루하루를 지켜가기 위한 긍정의 주문을 외우며 살아가고 있다. 지금 이 순간에도 어디에선가 재난을 당해 고통 받는 생명이 있다면 일어설 수 있도록 힘과 용기를 전하고 싶다.

제비들의 수런대는 소리가 지금은 노랫소리로 들려온다. 작은 평화를 보여주는 아침이다. 순간 나를 담고 있는 집을 살핀다. 끝내 지켜가야 할 집은 외형의 집도 중요하지만, 무형인 마음의 집이 견고해야 하는 것을 알게 된 기회였다. 생명은 그곳에서부터 어떤 일을 만나도 헤쳐나갈 수 있는 지혜가 생겨나기에.

커튼 사이로

바람이 움직인다. 흔들리는 커튼 자락에서 바람의 세기조차 짐작을 해내기에 충분하다. 창을 여니 가려놓았던 바깥의 공기가 상쾌하게 실내로 달음질하며 들어오고 있다. 밤사이에 가득했던 어두움은 흔적을 감춘 지 오래고 기다렸던 빛이 빠르게 아침을 재촉해 낸다. 이렇게 일상은 반복되면서 새로운 약속을 끊임없이 요구해 가고 있다. 살아 있기에 그 속에서 에너지는 생성되며 살아가야 하기에 오늘도 마음의 커튼 자락을 다독여야 할 이유를 찾는 중이다.

얼마 전 가까운 이가 돌아섰다. 내 마음과 달리 오해가 깊게 커튼의 주름처럼 접히어서 늘어지기까지 했나 보다. 그것도 우연찮게 제삼자와의 관계로 빚어진 일이었다. 영문도 모른 채 안부 전화를 하다가 일방적으로 거절해 버리는 그의 태도가 광풍

과도 같은 흔들림으로 전해왔다. 그 후 그와의 사이는 커튼이 가려지고 채광마저 스며들 수 없을 만큼 두꺼운 벽으로 변해버렸다. 이쪽도 저쪽도 원만한 사이가 되길 바랐던 내 마음이 이렇게 무참한 모양으로 던져지다니 황당하기만 했다.

오래도록 그 생각을 버릴 수 없었다. 혼란스러울 만큼 지워지지 않는 그의 마지막 말이 귓전을 울리고 있었던 것이다. 먼저 문제가 시작되었던 주변의 사람들 연락처를 모두 지워 버렸다는 단호한 어조가 이해되지 않은 채 지금껏 내 마음을 복잡하게 만들고 있다. 떨쳐버리지 못하는 이 마음을 어쩌면 좋으랴. 지난날 함께 했던 흔적들을 되돌아보며 남은 미소로 화답하는 못난 나일지언정 흐르는 시간에 추억만 헤집을 뿐이다.

그사이 계절은 여러 번 바뀌었다. 문학 동인으로서 만날 기회를 피하기는 어려운 입장이다. 한 번 맺은 인연을 어찌 그리 쉽게 버릴 수 있단 말인가. 그동안 서로가 소통할 수 없었던 마음의 거리가 그런 결과를 가져온 같은 기분이 들어서 영 개운치 못하다. 내 의사와 다르게 단절된 상황을 실감할 때마다 사람 관계가 참 묘하다는 생각마저 든다.

세상은 변함없이 아무 일도 없었다는 듯 흐르고 있다. 그 속에서 이제야 삶의 눈높이를 조금은 가늠할 것 같다. 그리고 원치 않는 오해에 휩싸인 일에 대해서도 상대방의 입장을 헤아려 본다. 나도 옳고 너도 옳다는 팽팽한 논리를 떠나 우리가 사는 모양이 다 그런 거라고 너그럽게 마음먹기 시작했다. 가슴에 얹혀 있는 어떤 짐을 내려놓은 느낌이라고나 할까. 그것도 오랫동안 애쓰며 나름대로 홀가분 해지려 했던 자구책이었는지도 모른다.

살다 보면 오해와 편견은 따르기 마련이다. 문득 우리 집 창을 두른 커튼에서 그 의미를 찾게 된 기회였다. 그동안은 흔한 장식쯤이라 생각했었는데 찬바람이 들면서 이토록 절실하게 용도를 떠올리다니 신기할 뿐이었다. 아무리 겹겹으로 된 천일지라도 바깥의 바람을 완전하게 차단할 수 없다는 점에서였다. 시간이 지남에 따라 격했던 마음도 조금씩 누그러질 수 있다는 사실을 알게 된 셈이다. 커튼의 흔들림이 내게 깃털 같은 촉감으로 다가왔다는 증거가 먼저 나부터 움직이고 있다는 증거였다. 상대와 달리 여몄던 아성이 무너져 가는 중이라 해도 헤프게 여기고 싶지 않은 지금의 심정이다.

세월은 그냥 가는 것이 아니리라. 귀가 부드러워지는 나이쯤의 문에 들어섰다면 그리 아웅다웅 살아야 할 이유가 없다고 본다. 조금 더디 이해하고 손해 볼지언정 불편한 사이가 되지 않는 길을 가고 싶다. 지금껏 서로 간에 쌓인 보이지 않는 담이 있다면 이렇게 커튼 사이로 스미는 바람과 빛처럼 상대의 마음도 녹아내리기를 바랄 뿐이다.

커튼 사이로 밀려드는 채광과 바람은 내 마음이었다. 쉽사리 그와의 관계를 싹둑 자르기에는 너무 모진 과정인 것 같아서 싫었을뿐더러, 아무 일도 없었던 상태로 돌아갈 수만 있다면 얼마나 좋을까 해서다. 아직은 두렵고 선뜻 다가설 용기가 나질 않는다. 하지만 이미 나는 마음의 짐을 벗어버린 것이나 마찬가지이다.

가득 쏟아지는 빛이 오늘따라 새롭다. 커튼 자락의 미세한 바람도 신선하게 가슴을 파고든다. 창을 열고 다시 시작하는 하루 속에서 스스로에게 일상적인 화두를 던진다. 살아가면서 누구와도 막힌 담의 모양이 되지 않도록 부탁을 한다. 내가 먼저 무거웠던 짐을 내려놓는 일이 편한 것을 알게 된 기회였다.

언젠가는 그와 마주할 날이 있을 것이다. 그때의 상황이 조금은 두렵다. 손을 내밀기보다 커튼 사이로 밀려드는 바람과 빛처럼 우선은 마음을 살짝만 보이려고 한다. 완고한 이기심도 아니고 자만심도 아니다. 서로가 끝낼 수 없는 인연이라면 스쳐야 할 바람과 같이 조금씩 움직이며 서 있는 것도 그리 어색한 모습은 아니리라.

새로운 그 날

　단독주택이 밀집된 곳에 산다. 초등학교에 등교하는 아이들을 가까이에서 보는데 언제부터인가 등하굣길이 왁자하다기보다는 조용했다. 우리 아이들이 학교 다닐 때만 해도 과밀학급이라 할 만큼 불리고는 하던 말들이 이젠 무색해져 버렸다. 차츰 젊은이들은 아파트단지로 이주를 해갔기에 이런 현상이 나타났으리라. 옹기종기 모여 있던 문구점들도 사라지고 아이들의 군것질 모습도 보기 힘들게 되었다.

　주변에 결혼을 안 하는 사람들이 더러 있다. 딱히 결격사유도 없는데 미루는 것인지 포기하는 것인지 이유는 알 수가 없다. 드물기는 하지만 결혼하고서도 아이를 낳지 않는 세대마저 있다. 이러다가는 인구절벽에 이를 것이 너무도 자명할 듯하다.

　아이를 낳아 기르고 교육 시키는 과정이 수월하지 못한 것은 누구나 짐작한다. 그렇다고 해서 그 길을 피한다면 시대가 흐를수록 더 많은 사회문제를 만들어 내지 싶다. 개인주의가 팽배해 가는 모습 가운데 우리가 살아가는 데 있어서 갖추어야 할 윤리적 질서마저 소실 되어가는 현상이 안타깝다.

이럴 때일수록 새롭게 되살아나는 기억들이 있다. 까마득한 어린 시절의 풍경들이다. 또래 아이들과의 어울림은 성장하는 데 있어서 자양분이 되기에 충분했다. 시골에서 자란 탓도 있지만 자연과 함께했던 시간은 오늘날 내면의 세계를 확장 시켜주는 일까지 큰 효과를 가져다주었다고 생각한다. 아침 해가 뜨고 저녁노을이 들어도 참새 떼처럼 어울려 다니던 그때가 그리운 시간이다.

다시 새로운 날이 왔으면 한다. 골목길마다 아이들의 재잘거리는 소리와 어른들의 분주한 발걸음이 오가는 그런 날들이 찾아왔으면 한다. 출생 인구가 줄어든다는 사실에는 여러 가지 이유가 있다. 힘든 과정을 피하려는 현대인들의 입장이 이해는 가지만 그 속에서 발견하는 단맛도 어찌 없다 할 수 있겠는가. 인생은 다소의 희로애락 속에서 보이지 않게 터전을 다지며 마지막에 이른다고 본다. 지금의 내 경우에도 그렇다. 나이를 먹어가면서 조금씩 밝아지는 혜안이 때로는 가슴 떨리도록 여운을 남겨주어서다.

새로운 그날이란 과거를 더듬어 오늘과 화합되도록 노력하는 일이다. 때로는 콩나물시루 같았던 교실이 그리워진다면 시대에 어긋난다고 할 테지만 그래도 온기가 느껴지기에 그렇다. 켜켜이 쌓인 추억들이 파노라마처럼 가슴에 흘러드는 순간이다. 여름이면 나무 그늘 아래서 친구들과 공깃돌 놀이에 빠져있던 시간이 즐겁기만 했고 노래 부르며 고무줄넘기에 여념이 없던 풍경이 오늘따라 어제 일인 양 새롭다. 아무리 설명해도 지금의 아이들에게는 부족하다 할 만큼 세월의 격차를 보이고 있다.

회귀본능이 이런 것일까. 가끔은 돌아가고 싶다는 그 어떤 욕구가 내 안에서 꿈틀댄다는 사실을 떨쳐내지 못한다. 디지털 시대에 진입한 발걸음이 멈칫거리는 내 모습을 그대로 보여주고 있다. 조금은 번거롭고 복잡해도 사람 사는 냄새를 잃지 않고 싶어서인 것 같다. 그중 하나, 이제는 조금 익숙해져 가고 있다 해도 공과금을 낸다거나 필요한 민원서류를 뗄 때도 기계에 의존해야 하는 현실이 되고 만 것이 반갑지 않다. 기계가 사람을 밀어냈다는 것을 발견한 셈이다. 어디 그것뿐이겠는가. 사람 손을 필요로 하던 일자리 수가 줄어들고 직업의 변화가 많아진 가운데 이마저 어떻게 적응해야 하는지도 새로운 사회문제가 된 것을 피부로 느낀다.

사회의 발달은 우리를 너무나 빠르게 눈부신 문명 세계로 데

려다 놓았다. 도착 지점이 어찌 보면 서늘하고 낯선 풍경들로 가득하다. 그곳이 아직 서툴고 둔한 나로서는 적응이 어렵다. 거스르고 싶은 시간과 인습은 나만의 독주인 것 같아 조금은 어색하다. 양면으로 마주해야 하는 새로운 그 날을 꿈꾸기에 이방인 같은 기분마저 든다. 그러나 발달된 사회가 아무리 우리를 이끌고 가더라도 사람이 지닌 본성은 그것을 넘어선 힘으로 존재해 가야 한다는 주장을 펴고 싶다.

하루하루가 조금은 더디게 지나갔으면 좋겠다. 이 골목 저 골목, 아이들의 소리가 시끄럽게 담장을 넘어섰으면 좋겠다. 짧은 시선으로 느끼고 바라는 바는 미래가 바로 아이들에게 있다는 사실을 믿기 때문이다. 그 몫은 지금의 어른들이 감당해야 할 일이라 여긴다. 이런 현실 가운데 하지만 받아들여야 할 문제와 한 번 더 생각해 보아야 하는 일에서 분별의 능력이 필요하지 않을까.

바람의 솜씨

바람이 요술을 부린다. 무겁고 단단한 흙을 밀어 올리는 힘이 대단하다. 그 틈 사이로 연둣빛을 휘감은 새싹들의 얼굴이 보인다. 앙증맞은 아기들의 모습이다. 낮은 목소리로 들릴 듯, 말 듯, 고개를 들고서 봄이 왔다고 내가 여기 있다고 온몸으로 신호를 보낸다. 누군들 그곳을 지나치랴.

먼 곳도 아니고 우리 집 화단이다. 허리를 숙여야 했다. 손으로 흙의 상태를 살펴보니까 고운 빵가루처럼 폭신하다. 언제 이렇게 변했을까. 얼마 전까지만 해도 꽁꽁 언 채로 차가웠는데 신기할 뿐이다. 소리 없는 자연의 입김으로 인해 겨울은 뒷걸음질 치고 있음이 분명했다. 문득 바람의 기류는 강도가 얼마쯤이며, 온도와 그 성질이 얼마나 무한하기에 얼었던 땅에서 새싹을 돋게 하는지 궁금했다.

오묘하기 이를 데 없다. 바람은 보이지 않으며 잡히지도 않는 실체가 아니던가. 하지만 흔적은 가까이에서 충분히 확인할 수가 있다. 봄바람이 지나간 그 자리에는 어김없이 생명의 신비가 움터오기 때문이다. 더불어 잠자는 영혼들을 깨우는 마법의 솜씨까지 아낌없이 쏟고 있다. 굳어있던 내 마음에도 봄의 입김이 작용해 왔으니까.

결혼과 함께 생활전선에 나서야 했다. 지금 같으면 앳된 사회의 초년생에 불과한 나이였다. 그래도 최선을 다하여 살아왔다. 등짐이 무거웠지만 내려놓을 생각은 조금도 하지 않았다. 인생의 밑그림을 시작하면서 마지막 단계까지 곱게 채색하리라고 부모님과 나 자신에게 다짐해 왔기 때문이다. 누구나 그렇겠지만 그 약속을 지키기에 애쓰고 애써왔다. 어려움이 닥쳐와도 자식의 초롱 한 눈망울을 볼 때면 흔들리지 않아야 했기에.

작아지고 낮아져야만 삶이 수월했다. 남들과 입장의 차이가 있다 해도 부부란 무게를 유지하는 저울추와 같은 것으로 생각했던 것이 오판임을 알고 난 후부터다. 허탈감이 밀려왔다. 갈등에 부딪히면서 흐트러진 모양새의 날들도 많았다. 갈증은 당연했거니와 허허로움까지 쌓여갔다.

어쩌면 산다는 것은 무대 위에서 벌어지는 현실 극이 아닐까 싶다. 내게는 이미 관객을 앞에 두고 내려올 수 없는 책임이 안

겨져 있었다. 힘든 일을 만날 때면 그 결심에서 벗어나지 않아야 했다. 한 가닥의 변명이라고 고개를 돌려도 좋다. 그렇게라도 완벽한 모습을 갖기 위해 잔잔한 물결처럼 숨죽이며 살아야 했으니 알게 모르게 감정의 골은 깊어져만 갔다.

고뇌 끝에 터득한 결론의 실마리를 붙잡기로 했다. 세월에 휩쓸려 돋아난 상처가 세상에서 나 혼자만 지닌 것은 아니었다는 생각이다. 그런 깨우침 속에 세월은 유순했던 것 같다. 아무리 돌아앉아 있었다 한들 봄볕이 내 앞을 비껴가지는 않았다. 아이들이 장성해지고 그 속에서 할머니라는 편한 이름 하나를 얻게 되었으니 이 얼마나 큰 기쁨이던가.

바람의 흔적을 따라간다. 거칠게 지나간 듯한 자리에서도 변함없이 아지랑이는 피어오르고 있었다. 봄의 달음질이 가까이에 다가와 있다는 확실한 증거였다. 숨 가쁘도록 환한 마당이 이어지고 있다. 인내의 끝자리, 갈등의 끝자리에서 발걸음이 자연스럽게 멎는다.

내 삶의 곡선이 이제는 완만한 정점에서 아래를 향해가고 있다. 퇴보가 아니라 한 단계 성숙해지는 시간이라 말하고 싶다. 볼모 잡힌 영혼이라 자책했던 기억에서 벗어나는 중이다. 깨닫게 된 것은 영원히 깨지지 않으며 녹아내리지 않는 것이 세상에 없으리라고 짐작한다. 자연이 빚은 사물을 자연의 힘으로 변화

시키듯, 결국 복잡했던 우리네 인생사도 시간의 흐름에 따라 부드럽게 순화된다는 것을 알았다.

봄은 저절로 오는 것이 아니었다. 혹독한 겨울을 보낸 다음이어야 자연스레 만나게 된다는 것을 피부로 느낀다. 땅속 저 먼 곳에서부터 스멀거리며 올라오는 훈훈한 봄기운이 내 가슴에 씨앗의 역할을 톡톡히 해내고 있었다. 봄에게 어깨를 내어준다. 무거웠던 마음의 빗장이 이제는 가볍게 바뀌었다. 열기에도 수월해졌다. 스스로를 겨울의 시기에 가두어 둔 시간이었다지만 이제는 봄이 몰아온 바람에게 몸과 마음을 온전히 맡기기로 한다. 봄의 전령이 고맙고 사랑스럽다.

김 기 자 수 필 집

시간의 그림자

김 기 자 수 필 집

시간의 그림자

시 간 의   그 림 자